文春文庫

秋山久蔵御用控

# 彼岸花

藤井邦夫



文藝春秋

目次

「秋山久蔵御用控」江戸略地図

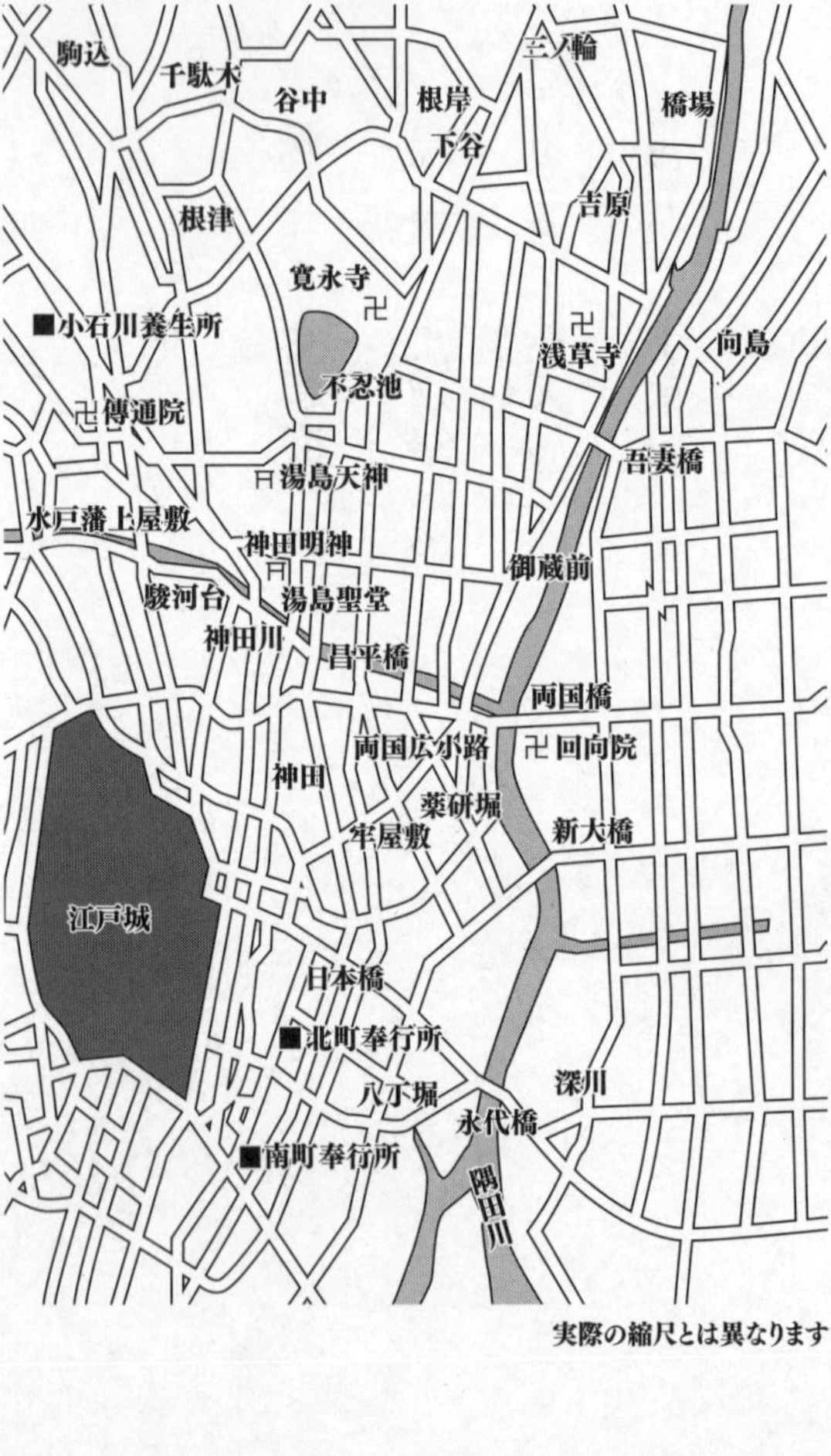


実際の縮尺とは異なります

日本橋を南に渡り、日本橋通りを進むと京橋に出る。京橋は八丁堀に架かっており、尚も南に新両替町、銀座町と進み、四丁目の角を右手に曲がると外堀の数寄屋河岸に出る。そこに架かっているのが数寄屋橋御門であり、渡ると南町奉行所があった。南町奉行所には〝剃刀久蔵〟と呼ばれ、悪人を震え上がらせる一人の与力がいた……

## 秋山久蔵御用控・登場人物

**秋山久蔵**（あきやまきゅうぞう）
南町奉行所吟味方与力。〝剃刀久蔵〟と称され、悪人たちに恐れられている。何者にも媚びへつらわず、自分のやり方で正義を貫く。「町奉行所の役人は、お奉行の為に働いてるんじゃねえ、江戸八百八町で真面目に暮らしてる庶民の為に働いているんだ。違うかい」（久蔵の言葉）。心形刀流の使い手。普段は温和な人物だが、悪党に対しては、情け無用の冷酷さを秘めている。

**弥平次**（やへいじ）
柳橋の弥平次。秋山久蔵から手札を貰う岡っ引。柳橋の船宿『笹舟』の主人でもある。〝柳橋の親分〟と呼ばれる。若い頃は、江戸の裏社会に通じた遊び人。

神崎和馬（かんざきかずま）
南町奉行所定町廻り同心。秋山久蔵の部下。二十歳過ぎの若者。

蛭子市兵衛（えびすいちべえ）
南町奉行所臨時廻り同心。久蔵からその探索能力を高く評価されている人物。妻が下男と逃げてから他人との接触を出来るだけ断っている。凧作りの名人で凧職人として生きていけるほどの腕前。

香織（かおり）
久蔵の亡き妻・雪乃の腹違いの妹。

与平、お福（よへい、おふく）
親の代からの秋山家の奉公人。

幸吉（こうきち）
弥平次の下っ引。

長八、寅吉、直助、雲海坊、由松、勇次（ちょうはち、とらきち、なおすけ、うんかいぼう、よしまつ、ゆうじ）
夜鳴蕎麦屋の長八、鋳掛屋の寅吉、飴売りの直助、托鉢坊主の雲海坊、しゃぼん玉売りの由松、船頭の勇次。弥平次の手先として働くものたち。

伝八（でんぱち）
船頭。『笹舟』一番の手練。

おまき
弥平次の女房。『笹舟』の女将。

お糸（おいと）
弥平次、おまき夫婦の養女。

秋山久蔵御用控

# 彼岸花

# 第一話

# 彼岸花

一

長月――九月。

夜が長くなる秋。江戸の町は十五日の神田明神祭、十六日の芝神明祭などの秋祭りで賑わう。

日本橋室町《むろまち》二丁目に店を構える呉服商『鶴乃屋《つるのや》』の番頭が、自身番にやって来たのは未《ひつじ》の刻八つを過ぎた頃だった。

番頭の彦八《ひこはち》は、自身番の戸を後ろ手に閉めた途端、身体の心棒でも抜けたかのように上がり框《かまち》に崩れ込んだ。

「どうした……」

居合わせた南町奉行所定町廻《じょうまちまわ》り同心《どうしん》神崎和馬《かんざきかずま》が、素っ頓狂な声をあげた。

下っ引の幸吉《こうきち》が、素早く水瓶の水を柄杓《ひしゃく》で汲み、番人と共に彦八を助けおこして飲ませた。

「大丈夫かい。しっかりしな……」

「はい……」

彦八は掠《かす》れた声で返事をし、水を飲んで息をついた。

「さあ、何がどうしたのか、話せるかい」

「坊ちゃまが、坊ちゃまがいなくなってしまいました……」

彦八は小刻みに震え、和馬に縋《すが》る眼差しを向けた。

「坊ちゃまがいなくなった」

「はい……」

呉服商『鶴乃屋』の四歳になる一人息子の新吉《しんきち》がいつの間にか店からいなくなり、一刻《とき》が過ぎていた。新吉の父親で『鶴乃屋』の主人の卯之吉《うのきち》は、番頭の彦八たち奉公人に店の周囲から町内一帯を探させた。だが、新吉は見つからず、卯之吉と女房のお鈴《すず》の心配は〝勾《かど》かし〟に行き着いた。

「四歳の子供が、一人で町内を出るわけはないか……」

「はい。旦那さまとお内儀《かみ》さんが、日頃から一人で表に出るなと、坊ちゃまに厳しく云っておりますので……」

「誰か何か云ってきたかい」

「いいえ、それはまだ……」

「よし。幸吉、とりあえず鶴乃屋の周りに妙な奴がいないかだな……」

「ええ……」

和馬は羽織を脱いで着流し姿になり、幸吉は端折《はしょ》った着物の裾をおろしてお店《たな》者《もの》を装い『鶴乃屋』に急いだ。


東海道や中仙道、そして奥州街道や甲州街道、日光街道の五街道の起点とされる日本橋は、行き交う人々で賑わっていた。

南町奉行所与力の秋山久蔵《あきやまきゅうぞう》は、申《さる》の刻七つ過ぎに八丁堀岡崎町の屋敷に戻り、羽織と袴を脱ぎ棄てて柳橋《やなぎばし》の船宿『笹舟《ささぶね》』に向かっていた。

『笹舟』は、岡っ引の弥平次《やへいじ》の女房おまきが営む船宿だった。

久蔵が日本橋に差し掛かった時、橋詰で三十歳過ぎの女が泣いている幼い男の子を慰めていた。

女と男の子はどことなく似ている。

母と子……。

久蔵はそう思い、通り過ぎようとした。

「お侍さま……」

母と思われた女が、久蔵に声を掛けてきた。

久蔵は怪訝《けげん》な面持ちで立ち止まった。

「なんだい……」

「つかぬことをお伺い致しますが、この辺りに鶴って屋号の呉服屋さん、ございませんでしょうか」

「鶴って屋号の呉服屋……」

久蔵は女と男の子を見比べた。

「はい。この子、迷子でして、家は鶴っていう呉服屋らしいのです」

「へえ、お前さんの子供じゃあねえのかい」

「はい。私はお京《きょう》と申しまして、たまたま通り掛かった者にございます」

お京と名乗った女は、穏やかな微笑《ほほえ》みを見せた。美しい微笑みだった。

「そうか、赤の他人かい……」

「はい。で、鶴って呉服屋、ご存知ですか」

「確か室町の二丁目辺りに鶴乃屋って呉服屋があったと思うな……」

「室町二丁目辺りですか……」

お京は不安げに辺りを見廻した。

「……室町二丁目はこの日本橋を渡り、真っ直ぐ行った処だぜ」

「そうなんですか……」

お京は、人の行き交う日本橋を眩《まぶ》しげに見た。

「お前さん、江戸の者じゃあねえのかい」

「はい。一昨日、小田原から……」

「へえー、だったら俺も付き合うぜ……」

「助かります……」

お京は頭を下げた。一瞬、甘い香りが久蔵の鼻先を過《よ》ぎった。

「なあに通り道だ。礼には及ばねえよ。坊主、家に帰るぞ」

「うん……」

新吉は、涙と鼻水で汚れた顔で嬉しげに頷《うなず》いた。


呉服商『鶴乃屋』に子供の新吉は戻らず、勾かしたとの脅迫状も届かないまま時は過ぎていた。

和馬と幸吉は、主の卯之吉に普段どおりの商いをするように命じ、『鶴乃屋』の斜向《はすむ》かいにある海苔《のり》屋の店先を借りて張り込みを開始した。

四半刻が過ぎた。

「和馬の旦那……」

往来を行き交う人に眼を光らせていた幸吉が、怪訝な声で和馬を呼んだ。

「どうした……」

和馬が幸吉の視線の先を追った。

着流しの久蔵が、三十歳過ぎの女と幼い男の子を連れ、日本橋の方からやって来たのだ。

「秋山さま……」

和馬は派手な勘違いをし、素っ頓狂な声をあげた。

久蔵の隠し女と隠し子……。

「幸吉、知っていたか……」

「何を……」

「秋山さまの隠し女と子供だよ」

「まさか……」

「だったら誰だ。あの女と子供、誰なんだ」

「知りませんけど、秋山さまに隠し女と子供だなんて……」

和馬と幸吉は、久蔵たちを見詰めたまま忙《せわ》しく囁《ささや》き合った。

久蔵と女は、男の子を間にして楽しげに言葉を交わしながら近づいて来た。

和馬と幸吉は、海苔屋の物陰に思わず身を潜めた。だが次の瞬間、和馬と幸吉は呆然とした。

『鶴乃屋』から客を見送りに出た番頭の彦八が、久蔵と女の連れた男の子を見て叫んだのだ。

「ぼ、坊ちゃま……」

「彦八……」

男の子が彦八に駆け寄り、仔犬のように跳びついた。

「旦那さま、お内儀さん。坊ちゃまです、新吉坊ちゃまです」

彦八は新吉を抱き締め、店の中に向かって大声で叫んだ。

卯之吉と奉公人たちが、店の中から飛び出してきた。

「新吉……」

「おとっちゃん……」

卯之吉は彦八から新吉を受け取り、しっかりと抱き締めて頰ずりした。そして、新吉の母親でお内儀のお鈴が、履物もはかずに駆け出して来た。

「新吉……」

「おっかちゃん……」

　新吉は母親お鈴の胸に抱かれ、泣き出した。お鈴も新吉に負けずに泣いた。

「旦那さま、こちらさまが坊ちゃんをお連れ下さいましたのでございます」

「これはこれは、御挨拶が遅れました。新吉の父親の鶴乃屋の主卯之吉にございます。この度はまことにありがとうございました」

卯之吉は、笑って見ていた久蔵とお京に慌てて頭を下げ、礼を述べた。

「なあに、迷子になって泣いていたのを助けたのは、こっちのお京だ。俺は店に案内してきたまでだよ」

「良かったわね。新吉ちゃん」

お京は新吉に微笑み掛けた。

「うん」

新吉は、お鈴にしがみついたまま大きく頷いた。

「秋山さま……」

和馬と幸吉が、事態を知って海苔屋から出て来た。

「おう、何やってんだ……」

久蔵は和馬と幸吉の姿に眉をひそめた。

「神崎さま、幸吉さん、倅《せがれ》の新吉はこの通り、無事に帰ってまいりました。勾かしなどではございませんでした」

「勾かしだと……」

「はい。新吉って子がいなくなって、ひょっとしたらと思いまして、はい……」

「そいつは御苦労だったな。ま、見ての通りだぜ」

「あの、神崎さま、こちらさまは……」

卯之吉とお鈴、そして彦八が怪訝な眼差しを和馬に向けた。怪訝な眼差しを向けたのは、お京も同じだった。

「ああ、こちらは、南町奉行所与力の秋山久蔵さまだ」

「南町の秋山さま……」

卯之吉は驚いた。驚きはお鈴も彦八も、そしてお京も同じだった。


両国で隅田川と合流する神田川を遡《さかのぼ》ると和泉橋《いずみ》がある。その和泉橋を渡った処が神田佐久間町であり、金貸し徳兵衛《とくべえ》の家があった。

徳兵衛は高い金利で金を貸し、情け容赦なく取り立てる評判の悪い金貸しだった。

子《ね》の刻九つ。

般若《はんにゃ》の面を被った頭《かしら》に率いられた盗賊の一味が、金貸し徳兵衛の家に押し込んだ。

盗賊たちは二百両ほどの小判を奪い、徳兵衛を長脇差で刺し殺して逃走した。

殺されずにすんだ手代の常吉《つねきち》は、神田川左衛門河岸にある自身番に駆け込んだ。

自身番の番人は、常吉の報せを受けるとすぐに柳橋の船宿『笹舟』に走った。

船宿『笹舟』に明かりが灯った。

岡っ引の弥平次は、『笹舟』の女将《おかみ》で女房のおまきに着替えを手伝わせた。養女のお糸《いと》が、若い船頭の勇次《ゆうじ》を呼んできた。

「親分、事件ですか……」

「ああ、夜更けにすまないが、幸吉に神田佐久間町の金貸し徳兵衛の家に盗人が押し込んだと報せてくれ」

神田佐久間町は、『笹舟』のある柳橋と幸吉の住む長屋のある湯島の間にあった。

「承知しました」

勇次は夜更けにも拘《かか》わらず、威勢良く下っ引の幸吉の住む湯島に駆け出していった。

仕度を整えた弥平次は、おまきの切火とお糸に見送られて佐久間町に急いだ。

押し込んだ盗賊は、般若の面を被った頭と四人の手下。徳兵衛は胸や腹を刺され、血にまみれて絶命していた。そして、盗賊たちは二百両の金を奪って逃走した。

「金、奪われた二百両しかなかったのかい」

「はい。たまたま昨日、或る大店に百五十両ほど用立てたばかりで、あるのは金を貸した証文ばかりでした」

徳兵衛が貸している金は、証文によると大小合わせて五百両ほどであった。

「徳兵衛さんを殺したのはどんな奴だい……」

弥平次は常吉たち奉公人に尋ねた。奉公人は手代の常吉の他に年増の女中と下男の老爺《ろうや》がいるだけだった。

「般若の面を被った頭です……」

「徳兵衛さん、金を渡さないと抗《あらが》ったのかい」

「いいえ、旦那にとって二百両は、命懸けで護るほどの金じゃありませんので、大人しくしておりました。それなのに、般若の面を被った頭がいきなり……」

「刺したのかい……」

「はい。何度も……」

般若の面を被った頭は、無抵抗の徳兵衛を何度も刺して殺した。

殺すまでもないのに何故だ……。

弥平次は、押し込みの裏に何かが潜んでいるのを感じた。

下っ引の幸吉が、盗賊の足取りを摑んできた。盗賊たちは、和泉橋の船着場から荷船に乗り、隅田川の闇の彼方に消えていた。

「目と鼻の先を行かれたか……」

神田川から隅田川に抜けるには柳橋を潜《くぐ》る。つまり、船宿『笹舟』の傍を通ったのだ。弥平次は苦笑するしかなかった。

「それで幸吉、隅田川に出てどっちに行ったんだ……」

隅田川を横切れば本所。下れば深川・江戸湊《みなと》。上れば浅草・向島になる。

「そいつはまだ……」

「よし。盗人は五人だ。明日からみんなと手分けして突き止めてくれ」

「へい。で、親分、般若の面を被った盗賊って、何処《どこ》のどいつですかい……」

「はっきりしないが、関八州を荒らし廻っている盗賊に般若の面を被った奴がいると聞いた事がある。ひょっとしたらそいつかも知れないな……」

時刻は寅《とら》の刻を過ぎ、夜明けは近い。

何事も夜が明けてからだ……。

弥平次は幸吉を連れ、『笹舟』に戻った。

卯《う》の刻六つ。

辻番の高張提灯《たかばりちょうちん》が消されて三十六見附門が開かれる時、町奉行所の門も開かれた。

そして巳《み》の刻四つ、町奉行所内の役宅に暮らす町奉行は登城し、与力・同心たちが奉行所に出仕する。

南町与力秋山久蔵が出仕した時、弥平次が待っていた。

「般若の面を被った盗人かい。田舎芝居じゃあるめえに、臭え真似しやがって

「……」

「まったくで……」

「で、何処の三文役者だい……」

「どうやら、関八州を荒らし廻っている般若の義平《ぎへい》かと……」

「般若の義平……」

「はい……」

般若の義平は大勢の手下を率い、関八州と呼ばれる相模《さがみ》・武蔵《むさし》・安房《あわ》・下総《しもうさ》・上総《かずさ》・常陸《ひたち》・上野《こうずけ》・下野《しもつけ》の庄屋や分限者《ぶげんしゃ》などを襲う盗賊だった。

「般若の義平、根城は何処だい……」

「噂では相模の小田原。本当の処は分かりません」

「そうかい。で、和馬はどうした」

「はい。幸吉を従え、殺された徳兵衛の身辺を洗っております」

「徳兵衛の身辺……」

「はい。徳兵衛は抗いもしなかったのに殺されました。そいつの裏には……」

「徳兵衛に恨みでもあったかい……」

久蔵の眼が鋭く光った。

「はい。和馬の旦那、そう睨《にら》んで……」

「成る程……」

久蔵は苦笑した。

般若の義平は、徳兵衛に何らかの恨みを抱いていて殺した……。

久蔵はその睨みが、弥平次のものだと直感していた。

「よし、般若の義平は俺も調べてみる。親分は盗賊どもの行方を頼むぜ」

「心得ましてございます」

関八州には、大名領と幕府の直轄領、そして旗本の領地が複雑に入り組んでおり、司法権は各大名家と幕府勘定奉行所にあった。だが、支配が複雑に入り組んでいるだけに司法権は及び難く、関八州は博徒や無宿人たちには棲み易い土地であった。

幕府直轄地と旗本の領地を取締るのが勘定奉行所であり、出先機関に代官所と関東取締出役《かんとうとりしまりしゅつやく》があった。関東取締出役は〝八州廻り〟と称し、文化二年十一代将軍家斉《いえなり》の時に創設された広域警察組織である。

八州廻りなら、般若の義平一味を詳しく知っている筈だった。

久蔵は、知り合いの元八州廻りの御家人を訪れる事にした。

夜鳴蕎麦屋《よなきそばや》の長八《ちょうはち》、鋳掛屋《いかけや》の寅吉《とらきち》、飴売《あめう》りの直助《なおすけ》、そして托鉢坊主《たくはつぼうず》の雲海坊《うんかいぼう》としゃぼん玉売りの由松《よしまつ》たち弥平次の手先は、両国橋を中心にして隅田川沿いに虱《しらみ》潰《つぶ》しの聞き込みを掛けていた。だが、般若の義平一味の手掛かりは、何一つ見つからなかった。

久蔵は両国橋を渡り、竪川《たてかわ》沿いに二つ目橋に進んで本所二つ目通りに入った。そして、公儀の材木蔵である御竹蔵《おたけぐら》傍の南割下水《みなみわりげすい》を進んだ。〝割下水〟とは、道を真ん中で二分して流れる掘割であり、主として排水の為に作られたものであった。その割下水沿いに陸奥《むつ》弘前《ひろさき》藩十万石津軽越中守《えっちゅうのかみ》の江戸上屋敷があり、多くの御家人が住んでいた。所謂《いわゆる》、本所割下水組屋敷である。その一軒に元八州廻りの御家人大迫清兵衛《おおさこせいべえ》の住む組屋敷があった。

久蔵と大迫清兵衛は、心形刀流《しんぎょうとうりゅう》の剣術道場の兄弟弟子だ。清兵衛の剣には巧さや鋭さはないが、豪胆さと力強さに満ち溢れていた。

清兵衛は相打ちを恐れずに踏み込み、怯《ひる》む相手を確実に倒した。それは、実戦向きの真剣勝負の剣であり、関八州に跋扈《ばっこ》した悪党を容赦なく斬り捨て〝鬼の清兵衛〟と恐れられた。その清兵衛も五年前、四十五歳で二百石の家督を倅に譲り、早々と隠居していた。そこには、長年にわたって大迫家を護ってきた妻への感謝と思いやりがあった。

久蔵は、清兵衛の妻の好きな『大倉屋《おおくらや》』の羊羹《ようかん》を手土産に大迫家を訪れた。

清兵衛は久蔵の訪問を喜び、老妻に慌ただしく酒の仕度を云いつけた。

清兵衛と久蔵は盃を重ね、剣の修業時代を懐かしんだ。

「それで久蔵、聞きたい事はなんだ」

昔話が一区切りした時、清兵衛は酒の酔いを消した眼を向けた。

「忙しい南町の剃刀《かみそり》久蔵が、わざわざ隠居爺いに逢いに来たんだ。用は八州廻りの頃の事かい」

五十歳を過ぎた隠居とは云え、鬼の清兵衛の睨みに衰えはなかった。

「盗賊般若の義平、御存知ですか……」

「般若の義平……」

「はい……」

清兵衛は意外な面持ちになった。

「勿論知っているが、義平の野郎、江戸に現れたのか……」

「まだ義平と決まっちゃあいませんが、般若の面を被った盗賊が、手下を率いて金貸しの家に押し込みましてね……」

「義平は関八州の庄屋や分限者の屋敷の殆どに押し込みやがってな。俺たちも懸命に追ったのだが、何しろ般若の面を被っていやがる。面もはっきりせず、分かったのは六十を過ぎた爺いだって事ぐらいだ」

「六十を過ぎた爺い……」

「ああ。そして、小田原辺りに若い女を囲っていたって噂ぐれえだな」

「小田原……」

「うん。承知の通り、相模の小田原藩十一万三千石は大久保さまの御領地。如何《いか》に御公儀八州廻りの俺たちでも迂闊《うかつ》に手出しの出来ぬ処だ。義平の野郎、そこを見抜いての事よ」

大名は独立した司法権を持っており、領内に公儀や他国の司法権は及ばない。

「で、押し込みはどんな……」

「どちらかというと、人を殺さず女を犯さずの盗人でな。ここ数年、噂も聞かないので死んだか、足を洗って隠居したとばかり思っていたぜ」

「押し込み先で人を殺さないのは本当ですか」

「本当だよ」

般若の面を被った盗賊は、何の抵抗もしなかった金貸し徳兵衛を刺し殺した。

まるで別人だ……。

久蔵はそう思った。

「人、殺したのかい……」

清兵衛は久蔵の顔色を読み、眉をひそめた。

「ええ……」

「そいつは、俺の知っている般若の義平とは違うな」

「私にもそう思えますが……」

「般若の面かい……」

「ええ……」

「って事は、義平に関わりのある者が般若の面を被り、義平を装っていやがるのかも知れないな……」

何者かが、般若の面を被って義平を装っている……。

久蔵は清兵衛の睨みに頷いた。

## 二

夜の隅田川には、風とともに秋祭りのお神楽《かぐら》の音色が吹き抜けていた。

船宿『笹舟』の座敷には、久蔵と弥平次の他に和馬と幸吉がいた。

和馬と幸吉は、調べた金貸し徳兵衛の過去を報告していた。

徳兵衛が金貸しを始めたのは、十五年前からだった。それまでは、浅草広小路に店を構えていた呉服屋『京屋《きょうや》』の番頭を勤めていた。

『京屋』は十五年前、何者かの騙《かた》りに遭って身代を奪われ、主夫婦が首を括《くく》り、店は潰れて一家は離散した。

番頭だった徳兵衛は、それから金貸し業を始めていた。

「奉公先が潰れて金貸しになったのか……」

久蔵は腑に落ちなかった。

「元手の金、どうしたんだい」

「長年の奉公、貯めていたんじゃあないですかね」

「仮にそうだとしても、騙りに遭って潰れた呉服屋の番頭だ。金貸しを始める程の金を貯めていたとは思えないな」

「そうですねえ……」

和馬は首を捻《ひね》った。

「金主、いたのじゃありませんか」

幸吉が遠慮がちに口を挟んだ。

「俺もそう思うぜ……」

久蔵は頷いた。

「秋山さま、そいつが今度の押し込みに関わりがあると……」

「親分、関八州を荒らした般若の義平は、犯さず殺さずの盗賊だそうだ」

「そいつが江戸に現れ、抗いもしなかった徳兵衛を刺し殺した……」

弥平次の眼に不審な色が浮かんだ。

「ああ……」

「って事は秋山さま、やはり義平は徳兵衛を殺したいほど恨んでいた……」

和馬が膝を乗り出した。

「それとも、般若の義平の名を騙る別人……」

幸吉が続いた。

「秋山さま、徳兵衛は借金の形《かた》に病人の蒲団《ふとん》を剝ぎ取り、娘を無理矢理に身売りさせるって絵に描いたような阿漕《あこぎ》な高利貸しです。恨んでいる奴も大勢いて、そいつらが般若の面を被って押し込み、徳兵衛を殺したんじゃありませんか」

和馬は勢い込んだ。

「和馬の旦那、じゃあ般若の面はたまたま義平と一緒になったって事ですか」

「うん。違うかな幸吉」

「いえ、そうかもしれません」

「秋山さま、明日から徳兵衛に痛めつけられて恨んでいる奴を洗ってみます」

「ああ。そうしてくれ……」

探索の方向が決まった。弥平次は手を叩いた。お糸が返事をし、仲居たちと酒と肴《さかな》を運んできた。

「お待たせ致しました」

「すまねえな、お糸……」

久蔵がお糸に優しく笑い掛けた。

「いいえ。じゃあ親分……」

「ああ、用がありゃあ呼ぶよ」

「はい。では、ごゆっくり……」

お糸は、明るい笑顔で久蔵と和馬に頭を下げ、仲居たちと座敷を出て行った。

十五歳になるお糸は、仕官の騙り話に遭って無残な死を遂げた浪人の娘であり、弥平次おまき夫婦に引き取られ、娘分として暮らしていた。

「親分、お糸、良い娘になってきたな」

「はい。父親があのような死に方をしたので陰気でしたが、本当は明るく素直な賢い子ですので、今はもうおまきも、随分と当てにしております」

弥平次は満足げに微笑み、久蔵の猪口《ちょこ》に酒を満たした。

「だろうな……」

「ところで秋山さま、あっしは騙りに遭って潰れた京屋って呉服屋、なんとなく気になります。ちょいと調べてみます」

弥平次は酒を飲みながら云った。

「気になるかい……」

久蔵が弥平次に鋭い視線を向けた。

「はい」

弥平次は鋭い視線を受け止め、頷いた。

「調べるのは構わねえが、十五年も昔の事だ。手間暇掛かるぜ」

「そいつは覚悟の上です」

弥平次が苦く笑った。

般若の義平の押し込みと徳兵衛殺し。そして、十五年前に潰れた呉服屋『京屋』は、何らかの関わりがあるのかもしれない。

弥平次はそう睨んでいる。

そこに、どんな根拠と思惑があるのか……。

だが久蔵は、弥平次の睨みの根拠をあえて質《ただ》さなかった。

そして、弥平次の手先の長八、寅吉、直助、雲海坊、由松たちの般若の義平一味の足取り探索に進展はなかった。


戌《いぬ》の刻五つ半。

久蔵は船宿『笹舟』を後にし、夜風に吹かれながら八丁堀の組屋敷に向かった。

町木戸が閉まる亥《い》の刻四つが近付いた往来には、家路を急ぐ人々が行き交っていた。

室町二丁目に通り掛かった時、行く手にある呉服屋『鶴乃屋』の潜り戸からお京が提灯を持った男と出て来た。そして、主の卯之吉とお鈴夫婦が、続いて見送りに現われた。

「おう、お京じゃあねえかい……」

お京は振り返り、微かな狼狽を見せた。

「これは秋山さま……」

お京は微かな狼狽をすぐに消し、落ち着いて頭を下げた。

「これはこれは……」

卯之吉とお鈴夫婦が、久蔵に気がついて挨拶をした。

「秋山さま。その節は新吉がお世話になりましてありがとうございました」

「なあに助けたのはお京だ」

久蔵はお京に微笑みかけた。

お京が笑った。美しい小さな笑みだった。そして、久蔵は気になった。お京の後ろで提灯を手にしている中年男が気になった。中年男の眼には、油断のならない鋭さが含まれていたのだ。

「秋山さま、あれ以来、鶴乃屋の旦那さまとお内儀さまに何かとお世話になっておりましてね……」

「そいつは良かったな……」

お京は新吉を助けて以来、卯之吉とお鈴に深く感謝され、『鶴乃屋』に親しく出入りするようになっていたのだ。

「で、そっちは誰だい」

久蔵は、提灯を手にしている中年男に視線を送った。

「あっ、これは私の店の番頭の佐平《さへい》にございます」

お京が紹介した。

「佐平にございます」

紹介された佐平は、眼に柔和な笑みを浮かべて腰を落とし、久蔵に深々と頭を下げた。それは、商家の番頭の辞儀に相違なかった。

「ほう、お京と一緒に小田原から来たのかい」

「左様にございます」

一瞬、佐平の眼から笑いが消え、油断のない鋭さが浮かんだ。

「そうかい。お京、町木戸の閉まる刻限は間もなくだ。急いだ方がいいぜ」

「はい。旦那、お内儀さん、それではこれで。秋山さま、御免下さい。佐平
……」

「失礼致します」

お京と佐平は、久蔵と『鶴乃屋』の主夫婦に挨拶をし、足早に両国に向かって歩み去った。

「お気をつけて……」

卯之吉とお鈴は見送った。

「お京の宿、何処なんだい」

「はい。薬研堀《やげんぼり》傍の米沢町三丁目にある親類の家だそうです……」

「薬研堀の傍……」

「秋山さま、お京さんが何か……」

卯之吉は、久蔵に怪訝な眼を向けた。

「いや。別になんでもねえ。じゃあ、お前たちもしっかり戸締りをして早く休むんだな」

久蔵はそう云い残し、頭を下げて見送る卯之吉夫婦の視線を背中に感じて日本橋に向かった。

油断のならねえ眼つきの番頭……。

久蔵の眼が小さく笑った。

呉服屋『京屋』は、浅草寺雷門前広小路に面した東仲町にあった。

弥平次は、由松を義平の足取り追跡から外し、十五年前に騙りに遭って潰れた『京屋』の調べに同行した。

浅草寺の参拝客で賑わう広小路には、様々な店が軒を連ねている。弥平次は由松と手分けをし、呉服屋『京屋』を覚えている者を探した。だが、『京屋』があったのは十五年前であり、浮き沈みの多い商家では珍しい事でもない。既に米問屋になっている場所にあった『京屋』を覚えている者は、なかなか見つからなかった。

由松がようやく『京屋』を覚えている老爺を見つけた。老爺は浅草広小路の先にある東本願寺の寺男だった。東本願寺は、築地にある西本願寺と並ぶ浄土真宗の寺である。加市《かいち》と云う名の老爺は、十八の歳から五十年にわたって東本願寺の寺男をし、広小路の移り変わりを見守ってきていた。

弥平次と由松は、東本願寺の裏門前にある蕎麦屋に加市を招いた。

「加市のとっつあんは、蕎麦より酒が良さそうだな」

「すまねえな、親分……」

加市は深い皺に両目を隠し、白い無精髭に包まれた口元に嬉しさを見せた。

加市は、湯呑に満たした酒を美味《うま》そうに啜《すす》った。

「……京屋の旦那は良いお人だったよ」

加市は昔を懐かしんだ。

「京屋は騙りに遭って潰れたそうだが、どんな騙りに遭ったのか、知っているかい」

「確か、知り合いの呉服屋の口利きで絹物を仕入れたんだが、そいつが酷《ひで》え代物でね」

「大損したかい……」

「へい……」

呉服屋の『京屋』は、絹織物を仕入れる予定だった同業者に代金を用意できないと泣きつかれ、大量の品物を安く引き取る約束で肩代わりをした。だが、絹織物屋は見本の絹反物だけを残し、二百両もの代金を持って姿を消してしまった。

騙り……。

驚いた『京屋』の旦那は、口を利いた同業者の店に駈け付けた。だが、同業者は自分も知り合いの口利きで絹織物屋に逢っただけなので、詳しいことは何も知らないと云った。

『京屋』の旦那は、当時月番だった北町奉行所に訴え出た。しかし、既に時も過ぎており、町奉行所に出来る事はなかった。

「それから京屋は傾き始め、やることなすこと裏目にでちまって……」

「旦那とお内儀さん、首を括ったんだね」

「へい。それで一家離散。何処のどいつの仕業か分からねえが、気の毒な話ですよ」

「京屋の家族は……」

「お嬢さんが二人……」

「今、何処で何をしているか、分かるかい」

「あの頃、上のお嬢さんは十五、六歳でしてね。確か湯島辺りの料理茶屋に年季奉公に出て、まだ子供だった下の娘さんは親類に引き取られたとか……」

「お嬢さんたちの名前、覚えているかい……」

「申し訳ねえが……」

加市は首を横に振った。

「じゃあ、上のお嬢さんの奉公先や下のお嬢さんを引き取った親類も……」

「分からねえ……」

「そうかい……」

騙りに遭って潰れた『京屋』には、二人の娘がいた。そして、両親の死後、二人の娘はそれぞれの道に分かれていった。

可哀想に……。

弥平次は、当時の姉娘がお糸と同じ歳ごろだと知り、同情せずにはいられなかった。

「父っつあん、京屋に口を利いた同業者ってのは、何処のなんて呉服屋だい」

かけ蕎麦を啜り終えた由松が尋ねた。

「確か日本橋に店を構えている呉服屋だと聞いたが、屋号は……」

「越後屋か……」

「違う」

「近江屋……」

加市はじろりと由松を一瞥した。由松は加市の湯呑に酒を満たし、続いて尋ねた。

「だったら、井筒屋に和泉屋、福屋に大黒屋」

「思い出せねえ……」

加市は湯呑の酒を飲み干した。

由松はがっくりと肩を落とした。

「ところで父っつぁん、京屋には徳兵衛って番頭がいたんだが、覚えているかい」

弥平次は苦笑しながら、加市への質問を変えた。

「徳兵衛なら忘れるもんか……」

加市の皺の中の眼に怒りが滲《にじ》んだ。

「どんな奴だった」

「嫌な野郎よ」

「……どんな風にだい」

「騙りに遭った時も旦那が金策に駈けずり廻っていた時も、陰でへらへらしやがって、旦那達が首を括ったらさっさと出て行きやがった。義理も人情もねえ野郎よ」

加市はよほど徳兵衛が嫌いらしく、憎々しげに吐き棄てた。

「酷え番頭だな」

由松が同調した。

二人の娘の行方……。

『京屋』に騙り者を紹介した日本橋の呉服屋……。

弥平次は探索を二つに絞った。そして、加市が何かを思い出した時の為、由松を残した。


金貸し徳兵衛を恨んでいる者は大勢いた。

和馬と幸吉は、その一人一人を訪ね歩いた。だが、幾ら恨んでいたとしても、押し込みを働き、徳兵衛を刺し殺す迄は考えられない者たちばかりだった。

探索の進展がないのは、弥平次の手先たちの義平の足取り追跡も同様だった。

弥平次は義平の足取り追跡を中断し、飴売りの直助と托鉢坊主の雲海坊に『京屋』の二人の娘の行方を追わせる事にした。

直助と雲海坊は、上の娘が年季奉公したと思われる湯島界隈の料理茶屋を探し始めた。

南町奉行所臨時廻り同心蛭子《えびす》市兵衛《いちべえ》が、久蔵の命で両国広小路に近い米沢町薬研堀に現れたのは午《うま》の刻九つ、昼前だった。

久蔵は、お京と番頭佐平が泊まっている親類の家を探し、二人の顔を見て来いと市兵衛に命じた。

「そのお京と佐平、何者なんですか」

「小田原の商家のお内儀と番頭って触れ込みだが、どうもそれだけではねえような気がするんだな」

「それだけではない……」

「ああ……」

「分かりました……」

久蔵は、お京と佐平の正体を知りたがっている……。

市兵衛はそれ以上を尋ねず、南町奉行所を後にして薬研堀に向かった。

三

薬研堀とは、薬草などを砕き擂《す》る〝薬研〟の形、鉢型状の底の浅い堀を云い、その界隈に芸者や堕胎専門の女医者が多く住んでいた事などが、その名の謂われなのかも知れない。

市兵衛は薬研堀の自身番に赴いた。

自身番は、町奉行所の監督下に置かれていたので同心や岡っ引の溜まり場の交番のように思われるが、町内自治の為の役所の出張所と云えた。仕事は町内の人口統計、町入用の割付の計算、人別帳の整理、奉行所からの書類の受付などをした。

「小田原から来ているお店のお内儀さんですか……」

自身番に詰めている家主の一人が尋ねた。

「ああ、お京って名で、佐平って番頭をお供に連れている筈だ……」

市兵衛は、店番《たなばん》が出してくれた渋茶を啜った。

「どうだい、誰か知らないか」

家主が、一緒に詰めている二人の店番と一人の番人に話を振った。

「へい。確か薬種問屋の一心堂《いっしんどう》にそれらしい女と男が来ていますが……」

店番の一人が答えた。

「薬種問屋の一心堂……」

「ええ。ですが、一心堂は薬種問屋。いつも諸国から薬草を届けに来た人が泊まっておりまして……」

「旅の者の出入りが多いのかい……」

「はい。ですから、お尋ねの親類の者とは違うかもしれませんが……」

「いや、おそらく一心堂に違いないだろう。行ってみるよ」

市兵衛は気軽に腰をあげた。


薬種問屋『一心堂』は、薬研堀沿いにあった。薬簞笥《くすりだんす》の並べられた店に客はいなく、手代が薬研を使って仕事をしながら店番をしていた。

『一心堂』には、忠兵衛《ちゅうべえ》とおみつの主夫婦と手代や女中が暮らしており、諸国から薬草などを届けに来た者がいつも逗留していた。

市兵衛は薬研堀に架かる元柳橋に佇《たたず》み、小半刻ほど『一心堂』を見守った。

客の出入りは少なかった。いや、市兵衛が監視を始めてから客は一人もなかった。

奥から中年の男が顔を出し、ちらりと表を一瞥し、手代に何か言った。

薬研を使っていた手代が返事をし、店先に出て来た。

市兵衛は素早く物陰に隠れた。

店先に出て来た手代は、慎重に辺りを見廻した。別人のような鋭い眼差しだった。

只の手代じゃあない……。

市兵衛の直感が囁いた。

手代は、辺りに異常がないと見定め、店の奥にいる男に〝大丈夫〟だと頷いて見せた。

男とともにお内儀風の女が出て来た。

お京だ……。

市兵衛はそう思った。

「じゃあ、佐平……」

「へい。お気をつけて……」

佐平と呼ばれた男は、手代とともに深々と頭を下げてお京を見送った。

お京は足早に『一心堂』を出た。

両国広小路に出たお京は、賑わいの中を進んで神田川に架かる柳橋を渡った。

市兵衛は同心特有の巻羽織の裾を下ろし、只の御家人を装ってお京を尾行した。

お京は、柳橋の傍にある船宿『笹舟』の横を通って左に曲がり、浅草寺雷門に抜ける大通りに出た。

浅草寺に行くのか……。

市兵衛は慎重にお京を追った。

鳥越橋《とりごえ》を渡ったお京は、公儀の御蔵前、諏訪町、駒形町を通り過ぎ、雷門前の浅草広小路に出た。

浅草寺の参拝……。

市兵衛はお京の動きをそう読んだ。だが、読みは外れた。お京は雷門を潜らず、広小路に佇んで東仲町に向かって素早く手を合わせた。一瞬の出来事だった。

何に手を合わせたのだ……。

市兵衛はお京が手を合わせたものを捜し、東仲町を見た。だが、東仲町には、米問屋などの極く普通の店が軒を連ねているだけで、手を合わせるようなものは何一つなかった。

手を合わせたお京は、足早にその場を離れて雷門を潜った。そして、浅草寺の境内の茶店で茶を飲み、遊んでいる子供たちを眺めた。

子供たちは歓声をあげ、楽しげに遊んでいた。お京は眼を細め、懐かしそうに遊ぶ子供たちを眺めていた。

お京にとって浅草は何なのか……。

市兵衛は、お京の行動に疑問を覚えずにはいられなかった。

鳩が群れをなし、羽音を鳴らして舞い上がった。

飴売りの直助と托鉢坊主の雲海坊は、湯島天神に現れた。

湯島天神は学問の神様として名高い菅原道真を祀り、上野山と江戸城を結ぶ本郷台地にあった。梅の名所でもある湯島天神の東側には、ゆるやかな女坂と急な男坂があり、境内からは不忍池《しのばずのいけ》と上野の山が望めた。そして、門前町には料理茶屋などが並び、参拝客で賑わっていた。

直助と雲海坊は、呉服屋『京屋』の上の娘が奉公した料理茶屋を探し歩いた。

だが、何分にも十五年も昔の事であり、該当する娘は見つからなかった。

「どうだろう直さん。料理茶屋だけじゃあなく、茶店や小料理屋にも聞き廻った方が良いかも知れないよ」

「雲海坊、そいつは勿論だが、不忍池の料理茶屋も調べた方が良いんじゃあないかな」

　湯島天神の女坂を降りると、切通しに出る。その切通しを抜けると、不忍池の傍の茅町《かやちょう》になる。茅町と隣の池之端《いけのはた》仲町には、料理茶屋を始めとした様々な店がある。直助は探索の範囲をそこまで広げるべきだと云ったのだ。

「直さんの云うとおりだな……」

「よし、じゃあ雲海坊、俺は不忍池に行く。お前は湯島の茶屋と小料理屋を洗ってくれ」

「分かった。こっちが片付けば、俺も不忍池に行くよ」

　直助と雲海坊は、二手に別れて『京屋』の上の娘探しを続けた。


　久蔵は眉をひそめた。

「市兵衛、それでお京、浅草広小路で手を合わせたのか」

「はい。雷門の辺りから……」

「って事は、広小路を挟んだ東仲町に向かってだな」

「ええ、どう云う事なんでしょうね」

　市兵衛は首を捻った。

「市兵衛、お京が手を合わせた東仲町の通りには、騙りに遭って潰れた呉服屋があった」

「騙りに遭って潰れた呉服屋ですか……」

「ああ、十五年前の事だが、京屋と云う呉服屋がな……」

「では、あのお京と云う女、その京屋に関わりのある者ですかね」

「かも知れねえ……」

「それにしても秋山さま、お京が逗留している薬研堀の薬種問屋の一心堂ですが、客の出入りも少なく、手代の様子から見ても只の薬種問屋じゃありませんね」

「只の薬種問屋じゃあねえ……」

一瞬、久蔵の眼が鋭い輝きを放った。

「はい……」

「市兵衛。神田佐久間町の金貸し徳兵衛が、般若の義平って盗人に押し込まれ、殺されたのを知っているな」

「はあ……」

「金貸し徳兵衛、その呉服屋京屋の番頭だったんだぜ」

「徳兵衛が……」

「ああ……」

「秋山さま、薬種問屋の一心堂、今夜から張り付いて見ますか……」

「うむ。柳橋に云って手先を出して貰う。一緒にやってくれ」

「心得ました。では……」

お京と薬種問屋の『一心堂』は、盗賊般若の義平一味と関わりがあるかも知れない……。

それが、久蔵と市兵衛の睨みだった。


隅田川を吹き抜ける夜風は、秋の冷たい気配を運んできていた。

久蔵は船宿『笹舟』の女将おまきの酌を受け、酒を飲んでいた。

「どうも御無礼しました……」

弥平次が座敷に戻ってきた。

「じゃあ、新しいお酒を……」

おまきは、久蔵と弥平次がお役目絡みの話になると気を利かせ、座を外した。

「親分、急な話で済まねえな」

「とんでもございません。今、勇次を寅吉と長八の処に走らせましたので、一刻程で薬研堀にいる蛭子の旦那と交代できるでしょう」

「そいつはありがてえ……」

久蔵から事情を聞いた弥平次は、若い船頭の勇次を鋳掛屋の寅吉と夜鳴蕎麦屋の長八の許に走らせた。

久蔵は弥平次の猪口に酒を満たした。

「畏《おそ》れいります……」

弥平次は、恐縮しながら久蔵の満たしてくれた酒を飲み干した。

「ところで秋山さま、お京って女、何処で眼を付けられたのですか」

「眼を付けたって程じゃあねえが……」

久蔵は苦笑し、日本橋室町の呉服屋『鶴乃屋』の一人息子新吉の迷子騒動を話した。

「成る程、ですが何故……」

「お京のお供に佐平って番頭がいてな。そいつの目付きが気に入らなかった迄よ……」

「そうでしたか……で、お京、どんな女なのですか……」

「歳の頃は三十を過ぎたぐらいで、お店のお内儀で小粋な女だが、どうかしたかい」

「秋山さま、十五年前に潰れた呉服屋の京屋には、二人の娘がおりましてね」

「娘……」

「ええ、旦那夫婦が亡くなってから、十五歳だった上の娘は、湯島辺りの料理茶屋に奉公に出て、八歳の下の娘は親類の家に引き取られたそうでしてね……」

「で、今は……」

「二人とも行方知れずです」

「行方知れず……」

「はい。とりあえず直助と雲海坊が、上の娘の行方を追っておりますが……」

「ひょっとしたら、お京が上の娘かも知れねえか……」

久蔵の眼に笑みが浮かんだ。

「はい。年恰好も似ていますし、浅草広小路で東仲町に向かって手を合わせた。そこには昔、騙りに遭って潰れた呉服屋の京屋があった」

「首を括った京屋の旦那夫婦、つまり死んだ両親に手を合わせたかい」

「違いますかね」

「まだ決め付けられねえが、有り得るな……」

久蔵は小さく笑い、酒を飲み干した。

長八が勇次の報せを受け、夜鳴蕎麦の屋台を担いで薬研堀に現れた時、鋳掛屋の寅吉は既に市兵衛と薬種問屋『一心堂』の見張りを始めていた。

「御苦労だな、長八……」

市兵衛がねぎらいの言葉を掛けて来た。

「いいえ、旦那こそお役目、御苦労さまにございます」

市兵衛が、長八たち手先にねぎらいの言葉を掛けるのはいつもの事だった。

「で、寅さん、屋台、何処がいいかね」

長八は、夜鳴蕎麦の屋台を据える場所を寅吉に尋ねた。

「見張る相手はあの薬種問屋、さあて、何処がいいかね……」

長八は寅吉と相談し、薬研堀と隅田川の間に架かる元柳橋の橋詰に屋台を据えた。

「よし。長八、火を熾《おこ》しながらちょいと聞いて貰おうか」

市兵衛は、七輪に火を熾す長八に事のあらましを説明した。

「……そうですか。般若の義平に関わりがあるのかもしれねえんですか」

「長さん、薬研堀は神田川を出て両国橋を潜ればすぐだ。般若の義平の野郎、さっさとここに逃げ込んだんじゃあねえかな」

寅吉が、腹立たしげに『一心堂』を睨んだ。

「幾ら上流や下流を探しても、義平の足取りが摑めなかった訳かい」

「俺たちは無駄骨を折っていたんだ……」

「寅吉、そう怒るんじゃあない。長八、落ち着いたら蕎麦を頼むぜ」

市兵衛が苦笑しながら蕎麦を注文した。

薬種問屋『一心堂』は、人の出入りもなく夜の闇にひっそりと佇んでいた。


久蔵が南町奉行所に出仕した時、和馬は疲れ果てた面持ちで待っていた。

「どうした。金貸し徳兵衛を殺したい程、恨んでいる奴、浮かんだのかい……」

「それが、恨んでいる者は多いのですが、殺す程の者は……」

「浮かばねえか……」

「はい。それで徳兵衛が金貸しになる前、呉服屋京屋の番頭をしていた頃を調べてみたのですが……」

「何か分かったのか……」

「はい。徳兵衛の奴、店の金を持ち出しては賭場に出入りをしていたとか……」

和馬はうんざりした口振りで報告し始めた。

「酷え野郎だな」

「ええ、で、その持ち出した店の金なんですが、知り合いの呉服屋の旦那に金を借りて返しているんですよ」

「知り合いの呉服屋の旦那だと……」

「はい……」

「何処の誰だい」

「そいつが日本橋に店を構えている呉服屋だそうですが、屋号までは……」

「分からねえか……」

「はい。それ以来、徳兵衛は京屋の番頭でありながら、日本橋の呉服屋の旦那の幇間《たいこもち》、云いなりだったそうです」

「和馬、柳橋の話じゃあ、京屋は日本橋の呉服屋の口利きで絹織物屋と取引きをして、騙りにあったそうだぜ」

和馬が眼を丸くした。何かに気付き、緊張した時の癖だった。

「じゃあ、徳兵衛に金を貸した呉服屋と、京屋に口を利いた呉服屋が同じだったら……」

「ああ、徳兵衛も騙りに一口乗っていたのかも知れねえ……」

「でしたら、徳兵衛を殺したい程、恨んでいるのは、京屋の残された家族……」

和馬の疲れた顔が僅《わず》かに輝いた。それは、ようやく手掛かりを見つけた安堵だった。

「和馬、とにかく日本橋の呉服屋だ。そいつを突き止めろ」

「はい……」

和馬は行き詰った探索から解放され、新たな闘志を燃やした。


湯島天神の周囲には、門前町、同朋町《どうぼうまち》、坂下町、切通町《きりどおしまち》などがある。雲海坊はそうした町々の小料理屋や居酒屋、茶店などを訪ね歩いた。だが、『京屋』の上の娘に関する情報は何も摑めなかった。

直さんの云った通り、不忍池界隈の料理茶屋なのかも知れない……。

雲海坊は湯島天神門前を諦め、裏手にある切通しに向かった。

切通しとは、山や丘を切り開いて造った道である。その切通しの先に湯島切通町があり、不忍池傍の茅町になる。

雲海坊が切通しを横切り、湯島切通町を抜けようとした。

「坊さま、遊んでいかないかい……」

暗がりからいきなり声が掛かった。

雲海坊は足を止め、声の主を探した。

古い二階家の軒下の暗がりから老婆が現われた。老婆は顔の皺を作り笑いで増やし、雲海坊を値踏みした。

「安くしとくよ。どうせ、生臭坊主、贋《にせ》坊主なんだろうからさ……」

雲海坊は苦笑した。

老婆は隠し売女の客引きだった。

当時、公儀公認の吉原の他、深川や谷中などに岡場所と呼ばれる黙認された遊所があった。その他に肉体を売る素人女がいた。女たちは金が必要であったり、性的欲求を満たしたい一心で、一夜限りの男にひっそりと抱かれていた。それが、隠し売女だった。

老婆はそんな隠し売女の客引きなのだ。

「婆さん。お前さんじゃあねえだろうな」

「坊さまがどうしてもってんなら、考えてもいいよ」

婆さんは年甲斐もない科《しな》を作った。

「冗談じゃあねえ。お前さんに功徳《くどく》を施す程の悟りは開いちゃあいねえ」

「どうだい、若くて可愛いのがいるよ」

「若いったって三十前後の年増だろう」

「ふん、まあね。昔は本当に若いお店のお嬢さんってのがいたんだけどねえ」

「男狂いのお嬢さんかい」

「それが違うんだよ。呉服屋の実家が潰れて二親は首を括っちまってね。門前町の料理茶屋に下女奉公したんだけど、金が欲しいってんで私の処に来てさ」

京屋の上の娘だ……。

雲海坊は、意外なところで浮かんだ手掛かりに驚き、溢《あふ》れる喜びを懸命に抑えた。

「よし、婆さん、あがるぜ」

「坊さま、その娘は十年以上の大昔の事。もういやしないよ」

「ああ、分かっている。俺が相手をして貰いたいのは婆さん、お前さんだ」

「私……」

老婆は驚き、絶句した。

「ああ、幾らだ」

老婆は皺だらけの顔を火照《ほて》らせ、その眼に下卑た潤いを浮かべた。

「そうかい、私で良いのかい……」

老婆は歯の抜けた口元から涎《よだれ》を垂らし、雲海坊の手を素早く己の胸に誘《いざな》った。

雲海坊は慌てて手を引いた。

「早まるな、婆さん。俺はお前さんに話を聞きたいだけだ」


隅田川に架かる両国橋を渡ると本所になる。和馬と幸吉は本所竪川沿いに進み、二つ目橋を二つ目通りに入った。二つ目通りの左手には公儀の材木蔵である御竹蔵があり、右手には陸奥弘前十万石津軽越中守の江戸上屋敷と旗本御家人の屋敷が並んでいた。

和馬と幸吉は、旗本中井《なかい》半之丞《はんのじよう》の屋敷の裏手に現われた。

「じゃあ、和馬の旦那……」

「幸吉、上手く誘い出せよ」

「心配御無用……」

幸吉は、軽い足取りで裏手の潜り戸から中井屋敷に入って行った。

幸吉は、中井屋敷の中間《ちゅうげん》部屋に屯《たむろ》している博奕《ばくち》打ちの才次《さいじ》を連れ出しに行ったのだ。才次は徳兵衛の過去を話してくれた。和馬と幸吉は、才次がもっと詳しく知っていると睨んでいた。

和馬は物陰に身を潜め、幸吉が戻るのを待った。一帯は、大名や旗本の屋敷が並ぶ武家地であり、和馬たち町奉行所は支配違いで手は及ぶものではない。下手に動いて騒ぎ立てられると、面倒になるばかりだ。和馬は待った。

幸吉は中井家の中間頭に話をつけ、博奕打ちの才次を連れ出した。中間頭は、幸吉の親分である弥平次を恐れていた。

「徳兵衛が親しくしていた日本橋の呉服屋ですかい……」

才次は狡猾な眼を向けた。そこには、少しでも多くの金を引き出そうとする薄汚さが潜んでいる。

和馬は苛立《いらだ》ちを抑えて答えを待った。

「さあ、なんて云いましたかねえ……」

「覚えていないか……」

「いえ、覚えていないってんじゃありませんが、何しろ随分と昔の事ですから

「……」

才次は眼の隅に嘲《あざけ》りを滲ませ、もったいぶった口調でのらりくらりと答えた。

和馬の苛立ちが限界を越えた。

刹那、才次が悲鳴をあげて仰《の》け反《ぞ》り、倒れた。幸吉が背後から引きずり倒したのだ。

仰向けに倒れた才次を、幸吉は容赦なく蹴飛ばし、踏み付けた。

「な、なにしやがる。止《や》めろ、止めてくれ」

才次は頭を抱えて転げ廻り、立ち上がろうとした。幸吉は立ち上がろうとする才次の腰を蹴飛ばした。才次は前のめりに倒れ、悲鳴と土埃を舞い上げた。

和馬は茫然と見守っていた。

幸吉は無言のまま才次をいたぶった。込み上げる怒りと苛立ちにまかせ、立ち上がろうとする才次を蹴飛ばし続けた。土埃が舞い上がり、血が飛んだ。

「に、仁左衛門《にざえもん》だ……」

才次が掠《かす》れた声で切れぎれに云った。

「幸吉……」

和馬が制止した。

「才次、今、なんて云ったんだい……」

和馬は土と血で汚れた才次に囁いた。

「仁左衛門……」

「誰だ、仁左衛門って……」

「徳兵衛が親しくしていた呉服屋の旦那だ」

「呉服屋の名は……」

「お、覚えちゃあいねえ……」

刹那、幸吉の蹴りが才次の顔面に飛んだ。

才次は鼻血を飛ばして仰け反った。

「才次、なんなら責め道具の揃っている大番屋に案内してやってもいいんだぜ」

幸吉がようやく口を開いた。

「俺が何をしたってんだ……」

「脅しに盗みに人殺し、お前の好きな罪状を選《よ》り取りみどりでくれてやるよ。ねえ、旦那」

「ああ……」

「汚ねえ……」

「ふん。才次、手前ほどじゃあねえ……」

幸吉は嘲笑を浴びせた。

「旦那、兄い、本当に仁左衛門って旦那の名前だけで、店の名は覚えていねえんです。勘弁しておくんなさい」

才次は許しを願った。

これ迄だ。才次は本当に店の名は覚えていない……。

和馬と幸吉は才次を解放した。


仁左衛門……。

それが、徳兵衛に博奕の金を貸し、便利使いをしていた日本橋の呉服屋の旦那の名前なのだ。そして、仁左衛門が『京屋』に騙り者を紹介した同業者なのかも知れない。

和馬と幸吉は、日本橋一帯を取り仕切っている町役人を訪れ、仁左衛門と云う名の主のいる呉服屋の割り出しを急いだ。

# 四

騙りに遭って潰れた呉服屋『京屋』の姉娘は、お絹《きぬ》と云う名前だった。

「お絹か……」

弥平次の声には、微かな哀れみが含まれていた。

「はい。余程、金が欲しかったのか、お絹はその内、料理茶屋の奉公を辞めて隠し売女になりましてね……」

「どんどん苦界《くがい》に身を落としていったのかい」

「はい。深川、音羽《おとわ》、品川……」

雲海坊は岡場所の名を次々に言い、冷めた茶を喉を鳴らして飲んだ。

「で、今は何処にいるんだい」

「そいつが親分、五年ほど前、何処かの旦那に身請けされ、江戸から出て行ったとか……」

「江戸から出て行った……」

「ええ。尤《もっと》も客引きの婆さんが、風の噂で聞いたって話ですがね」

「雲海坊、お絹は江戸を出て、何処に行ったか分からないのか」

「はい。残念ながら……」

呉服屋『京屋』の姉娘・お絹は、岡場所の女郎に身を落とし、江戸から出て行った。

お絹が金を欲しがった訳は、『京屋』を再建したかったからか、それとも親類に引き取られた妹と暮らしたかったからかもしれない。

どっちにしろ哀れな話だ……。

弥平次は、行方の知れぬお絹に思いを馳せ、雲海坊をねぎらった。


仁左衛門は死んでいた。

和馬と幸吉は、日本橋室町の町名主で仁左衛門を探し出した。だが、仁左衛門は五年前、胃の腑にできた質《たち》の悪い腫れ物のせいで七転八倒した挙句、悶死していた。

「徳兵衛は京屋の番頭の頃、その仁左衛門から小遣いを貰っていたのかい……」

久蔵が不機嫌な様子を見せていた。

「はい……」

和馬は後ろめたいこともないのに、不機嫌な久蔵に微かに怯《おび》えた。

「そして、その仁左衛門が京屋に騙り者を紹介した同業者か……」

久蔵の不機嫌さは、治まるどころか少なからず募っていた。

「ええ、どうやらそうらしいのです」

庭から吹き抜ける風が、秋の冷たさを僅かに含んでいた。和馬の汗の滲んだ背中は、風の冷たさを敏感に感じていた。

「鶴乃屋仁左衛門か……」

「はい……」

日本橋室町二丁目、呉服商『鶴乃屋』の先代の主・仁左衛門……。

それが、徳兵衛を飼い馴らし、『京屋』を破産に追い込んだ張本人なのだ。

『鶴乃屋』は、子供の新吉の迷子騒動のあった呉服屋であり、主の名は卯之吉だ。

その卯之吉の父親が、『鶴之屋』の先代の主・仁左衛門だった。

久蔵が不機嫌な理由は、判明する様々な事柄が繋がり始めたことにあった。

繋がりの果てに潜んでいるものは……。

久蔵は先を読んだ、そして、己の読みに苛立たずにはいられなかった。

十五年前、仁左衛門は『京屋』の主に番頭の徳兵衛から絹織物屋との取引きを勧めさせた。おそらく仁左衛門は、取引き相手の絹織物屋が真っ当な業者でないのを知っていたのだ。だが、『京屋』の主はそれを知らずに取引きに乗り、騙りに遭った。そこには、繁盛していた『京屋』への悪意があったのは、間違いない。

「それで、京屋は潰れ、主夫婦は首を括って一家は離散、酷え話だ……」

久蔵は吐き棄てた。

「仁左衛門が質の悪い病に苦しんで死んだのは、罰《ばち》が当たったんですかね」

「罰か、そうかも知れねえな……」

久蔵は苦い笑みを洩らした。

「よし。和馬、柳橋に今夜、屋敷に来るように伝えてくれ」

「はっ、すぐに……」

緊張から解き放たれた和馬は、素早く御用部屋を出た。

庭に咲いた菊の花は、秋風に吹かれて小さく揺れていた。

「見事な菊だね、与平《よへい》さん……」

弥平次は濡縁に腰掛け、色とりどりに咲く菊の花に眼を細めた。

「そりゃあもう、お嬢さまとあっしが丹精した菊だよ。親分」

老下男の与平が、目尻を下げて自慢した。

「何を自慢しているんですか、手入れの殆どはお嬢さまがおやりになって、うちの人は眺めていただけですよ」

与平の女房のお福《ふく》が、弥平次に茶を差し出した。

「どうぞ……」

「造作を掛けますね、お福さん」

「何を仰《おつしや》います。親分には久蔵さまがいつもお世話になって……」

「お福、久蔵さまじゃあねえ。旦那さまだよ」

「あら、いけない……」

お福はふくよかな身体をすくめた。

与平とお福夫婦は、久蔵の死んだ父親の代から秋山家に奉公しており、義妹の香織《かおり》とともに数少ない久蔵の家族と言えた。

「おっ、旦那さまのお帰りだ」

与平は久蔵を出迎える為、木戸を潜り小走りに出て行った。だが、久蔵の声や帰った物音は何も聞こえなかった。

「親分、うちの人は旦那さまのお帰りを間違えた事がないのだけが、取り得なんですよ」

長年、久蔵を出迎えている与平には、他人には窺い知れぬ感覚があるのかもしれない。

「お嬢さま、旦那さまのお帰りですよ」

お福は香織に声を掛け、ふくよかな身体を式台に急がせた。

「旦那さまのお帰りにございます」

与平の張り切った声が屋敷に響いた。

弥平次は久蔵を迎え出る為、慌てて木戸を潜って玄関先に急いだ。

久蔵は死んだ妻の妹・香織に着替えを手伝わせ、酒を持ってくるように命じた。

「旦那さま、今日はいい鯊《はぜ》が手に入りましてね。お嬢さまがとても美味《おい》しい甘露煮を造ったんですよ」

お福が嬉しげに告げた。

「義兄上《あにうえ》や親分のお口に合うかどうか分かりませんが、お福に教わって造ってみました。どうぞ、召し上がってみて下さい」

「そいつは楽しみだ……」

久蔵は微笑んだ。

香織はお福を従え、台所に急いだ。

「親分、わざわざ足を運んで貰ったのは他でもねえ。徳兵衛殺し、どうやら目鼻がついたぜ」

「ひょっとしたら、潰れた京屋の姉娘ですか」

「ああ、どこまで分かった」

弥平次は、『京屋』の姉娘お絹が身を落としていった顚末を話した。

「……お絹を身請けした旦那、般若の義平だな」

「きっと……。そして、お絹はお京と名を変えた」

「京屋のお京か……」

「実家の恨み、忘れたくない一念なのでしょうね……」

小田原から来たお京が、『京屋』の姉娘のお絹に違いないのだ。

新吉の迷子騒ぎは、お京が『鶴乃屋』に親しく出入りし、金蔵の場所を探る為に仕組んだものなのかもしれない。

「奴らは鶴乃屋を狙っている」

「ですが秋山さま、幸吉に聞きましたが、京屋をはめた鶴乃屋の仁左衛門は五年前に死んでいますよ」

「親分、仁左衛門は死んでいても、鶴乃屋はある」

「じゃあ鶴乃屋の金蔵を破り、店を潰そうとしている……」

「確かな証拠は何もねえがな……」

「待つしかありませんか……」

「ああ、お京が動くのをな」

「分かりました。一心堂を見張っている蛭子の旦那にもお報せし、見張りの人数を増やします」

「それに鶴乃屋にもな……」

「承知しました」

「お待たせ致しました……」

香織とお福が、話の区切りがついたのを見計らったように酒と鯊の甘露煮を持って来た。

薬研堀は水面《みなも》に月影を映し、薬種問屋『一心堂』は静まり返っていた。

「般若の義平一味の江戸の隠れ家か……」

蛭子市兵衛は、長八の夜鳴蕎麦の屋台の後ろの暗がりで弥平次の報せを受けた。

「はい。秋山さまが恐らくそうだろうと……」

弥平次は、久蔵の睨みを市兵衛に詳しく説明した。

「成る程、で、鶴乃屋はどうした」

「下手に報せて騒がれると拙《まず》いので、密かに和馬の旦那を見張りにつけるそうです」

「確かな証拠がない限り、義平一味が動くのを待つしかないか……」

「はい。それでは旦那、幸吉を繋ぎに走らせますので宜しくお願いします」

「心得た」

雲海坊と飴売りの直助を和馬の手伝いにつぎ込み、幸吉を繋ぎに走らせる。

それが、久蔵と弥平次の打った手だった。

しゃぼん玉売りの由松は、白山権現《はくさんごんげん》の脇を抜け、追分を北西に進んでいた。

浅草東本願寺の老寺男の加市は、『京屋』の妹娘の名前と引き取った親類をようやく思い出してくれた。

当時八歳だった妹の名前はお袖《そで》、親類は板橋の宿に住んでいる百姓。

由松は徳川家譜代の土井家や酒井家の下屋敷が並ぶ通りを進み、巣鴨に入った。巣鴨の先が板橋であり、北に王子権現や桜の名所の飛鳥山《あすかやま》がある。八歳だったお袖は、十五年経った現在二十三歳になっている。

行き交う旅人が増え始めた。

板橋の宿は、中仙道の出発地であり、終着地でもあった。往来には土埃が舞い上がり、馬糞の臭いが微かに漂っていた。

由松は、お袖を引き取った百姓を捜し歩いた。やがて、地名の元になった石神《しやくじ》井《い》川に架かる板の橋に出た。親類の百姓の家は、その橋の近くにあった。

お袖を引き取ったのは、母方の親類だった。そして、お袖は既に嫁に行っていた。

由松はお袖の嫁ぎ先を尋ね、思いもよらぬ事実を知った。

夕暮れ時、薬種問屋『一心堂』に動きがあった。

『一心堂』の手代と薬草を届けに来ていた男たちが出掛け、最後にお京と佐平が旅姿で続いた。

「蛭子の旦那……」

鋳掛屋の寅吉が、市兵衛に緊張した眼差しを向けた。

「押し込みだな」

市兵衛が断定した。

「へい……」

「長八、幸吉が来たら押し込みは今夜だと伝えてくれ。私と寅吉はお京たちを追う」

「へい」

「旦那、般若の義平はどうします」

「きっと押し込み先の鶴乃屋にお出ましだろうが。もし、らしい男が現われたら、長八、任せるよ」

「承知しやした。お気をつけて……」

市兵衛と寅吉がお京と佐平を尾行していった直後、長八の許に幸吉がやって来た。

弥平次は幸吉を久蔵の屋敷に走らせ、『鶴乃屋』に急いだ。

和馬と直助は、『鶴乃屋』の斜向かいにある海苔屋の二階から見張っていた。

「今夜か……」

「はい。蛭子の旦那はそう睨んでいるそうですし、私もそうだと……」

「市兵衛さんと親分の見立てなら間違いないだろう。よし、直助、裏を見張っている雲海坊に報せてくれ」

直助は返事をし、素早く階段を駈け下りて行った。

「いよいよ、般若の義平のお出ましか……」

和馬は微かに武者震いをし、格子窓の外に広がる夜の闇を睨みつけた。

お京と佐平は、大伝馬町《おおでんまちょう》二丁目の旅籠《はたご》に草鞋《わらじ》を脱いだ。その旅籠から三町ほど行った処が室町二丁目であり、呉服商『鶴乃屋』があった。

「鶴乃屋に押し込み、すぐに江戸から出て行く気だな」

「ええ……」

「寅吉、鶴乃屋は和馬たちが見張っている筈だ。このことを報せてくれ」

「合点だ」

寅吉は夜の闇に消えていった。

市兵衛は、お京たちの泊まった旅籠の前の暗がりに潜んだ。

『鶴乃屋』は静かに夜を迎えていた。

寅吉は、和馬たちが張り込んでいる海苔屋を探した。

「おう、寅吉じゃあねえか……」

久蔵が幸吉に案内され、暗がりをやって来た。

「こいつは秋山さま……」

「寅さん、和馬の旦那と親分なら、こっちだ」

幸吉は、久蔵と寅吉を海苔屋の二階に案内した。


「そうかい、お京と佐平、大伝馬町の旅籠に泊まったか」

久蔵は薄笑いを浮かべた。

「へい。旅仕度で……」

「秋山さま、鶴乃屋に押し込んだ足で江戸を出るつもりじゃあ……」

「親分、蛭子の旦那の睨みも一緒です」

「よし。寅吉、市兵衛の処に戻り、お京から眼を離すなと伝えてくれ」

「へい」

「幸吉、お前も行ってくれ」

「承知しました」

寅吉と幸吉は、市兵衛のいる大伝馬町に急いだ。

「秋山さま、押し込むのはお京と佐平の二人だけでしょうか」

「和馬、一心堂の手代たちが先に店を出たそうだ。おそらく時刻を合わせて来るんだろう」

「じゃあ、頭の般若の義平、手下たちと一緒に来るんですかね」

「頭の義平はとっくに死んでいるよ」

「死んでいる……」

和馬と弥平次は、驚いたように顔を見合わせた。

「ああ、詳しい事情は、奴らをお縄にすりゃあ、はっきりするさ」

「そうだ。秋山さま、捕り方たちを手配しなければ……」

「捕物出役の仕度をしている暇はねえ。この人数でやるしかあるめぇ」

「はあ……」

「チョイと御免なすって……」

窓から『鶴乃屋』を見ていた弥平次が、素早く立ち上がって出て行った。

和馬が怪訝に窓を覗《のぞ》いた。

しゃぼん玉売りの由松が、往来を急ぎ足で来るのが見えた。

「由松ですね……」

その時、往来に弥平次が現われ、由松を呼び止めた。


由松は板橋から柳橋の『笹舟』に戻り、弥平次の居場所を聞いて来たのだった。

「ありがとうございます、旦那……」

由松は、和馬が持ってきてくれた水を喉を鳴らして飲み干し、大きな吐息を洩らした。

「それで由松、京屋の妹娘の行方、分かったのかい……」

「へい。親分、京屋の妹娘、名前はお袖って云うんですが、板橋に住む母方の親類に引き取られていましてね。五年前、十八歳の時に大店の若旦那に見初《みそ》められていました」

「そいつは玉の輿《こし》だな……」

「ところが和馬の旦那、お袖はその縁談を断ったんです」

「断った」

「へい。ですが、若旦那は諦めず、どうしても嫁になって欲しいと、半年も通いつめたそうです」

「お袖、それで若旦那の嫁になったのかい」

「へい。仰る通りです、親分」

「由松、ひょっとしたらお袖、忌まわしい昔の事を忘れ、生まれ変わって嫁になると、名前を変えたんじゃあねえか……」

由松は眼を丸くして久蔵を見詰め、言葉を失った。

「どうした由松、秋山さまのお尋ねだよ」

弥平次が促した。

「へ、へい……」

由松は失った言葉を取り戻した。

「御無礼致しました。秋山さまの仰る通り、お袖は名前を変えて嫁に行っていました」

「やはりな……」

久蔵の眼が鋭く輝いた。

「秋山さま、どう云う事ですか……」

「和馬、般若の義平の手下が現れたら、遠慮はいらねえ、さっさとお縄にしろ」

「はい、仰る迄もなく……」

「それから親分、手下をお縄にしたら、鶴乃屋の卯之吉とお鈴夫婦を道浄橋《どうじようばし》に連れてきてくれ」

「承知しました。で、秋山さまは……」

「俺はお京をお縄にする……」

久蔵は事件の解決が近付いた喜びを微塵も見せず、厳しい面持ちで言い放った。


子の刻九つ。

町木戸は既に閉められており、往来に人影は途絶えていた。

大伝馬町の旅籠の屋根に、二つの人影が浮かんだ。二つの人影は暫《しばら》くの間、屋根に身を潜めて辺りの様子を窺った。そして、異常のないのを確かめ、連なる屋根を室町に向かって音もなく走り出した。

同時に、地上の闇が微かに揺れた。

二つの人影は、四辻で連なる屋根を飛び降りた。盗人姿の人影は、一人が佐平であり、もう一人は般若の面を被っていた。

佐平は闇を透かし見て、般若の面の盗人を促した。

「お頭……」

「これ迄だぜ……」

久蔵が厳しい声を投げ付け、行く手に現われた。

般若の面を被った盗人と佐平は、激しくうろたえて背後に逃れようとした。だが、背後には市兵衛が幸吉と寅吉を従えていた。

「頭、逃げて下せえ」

佐平が長脇差を抜き、猛然と久蔵に突き掛かった。久蔵は僅かに身体を開いて佐平の長脇差を躱《かわ》し、その顔を張り飛ばした。佐平は短い悲鳴をあげ、往来に叩きつけられた。幸吉と寅吉が、倒れた佐平を重なるように抑えつけて素早く縄を打った。

「お京、般若の義平が死んでいるのは分かっているんだ。色気のねえ面はとるんだな」

「秋山さま……」

般若の面の下からお京の声がし、その顔が現われた。

「お京、いや、浅草広小路呉服商京屋の娘のお絹。徳兵衛を殺し、鶴乃屋に押し込んで二親の恨みを晴らすかい……」

「秋山さま、徳兵衛と鶴乃屋の仁左衛門は、お父っつあんを騙《だま》して店を潰し、おっ母さんとの心中に追い込んで、私たちを離散させた極悪人。恨みを晴らして何が悪いんですか」

「そいつは認めるぜ。だが、人殺しは感心しねえ。おまけに鶴乃屋の仁左衛門は五年も前に酷え病で死んでいるんだ。まるで、お前に呪われたようにな」

「でも、鶴乃屋は京屋のように潰れちゃあいない」

「だがなお京。鶴乃屋が潰れちゃあ、お前も泣きをみるぜ……」

「えっ……」

お京の顔に戸惑いが浮かび、広がっていった。

呉服商『鶴乃屋』の前に、三人の盗人が現われた。三人の中には、薬種問屋『一心堂』の手代もいた。

刹那、斜向かいの海苔屋から和馬と由松、弥平次が飛び出して来た。そして、雲海坊と直助が、裏手から現われて背後を塞《ふさ》いだ。

「盗賊般若の義平一味の者ども。もう逃げられぬ。神妙にお縄を受けろ」

和馬が怒鳴った。

盗賊たちは怯み、逃走を図った。

弥平次の放った取り縄が、唸りをあげて手代の首に絡みついた。同時に由松が襲い掛かり、心張り棒で殴り飛ばした。和馬が盗賊の一人を十手で叩きのめし、雲海坊が残る一人を錫杖《しゃくじょう》で突き飛ばした。三人の盗賊は、一瞬にして捕らえられた。

辺りの商家の人々は、真夜中の騒ぎに明かりを灯し、恐る恐る外を覗いた。その中には、呉服商『鶴乃屋』の卯之吉とお鈴もいた。

「卯之吉さんとお鈴さんだね……」

弥平次の問いに、卯之吉とお鈴は恐ろしげに頷いた。

「私は十手を預かる柳橋の弥平次って者だが、南町の秋山さまがお呼びですよ」

大伝馬町の外れの道浄橋には、久蔵と盗人姿のお京がいた。

「お京さん……」

弥平次に連れて来られた卯之吉とお鈴夫婦は、お京の姿に驚いた。

お京は悔しげに顔を背けた。

「秋山さま、お京さんは……」

「卯之吉、その前にお前とお鈴が一緒になった顚末、聞かせちゃあくれねえか」

「は、はい……」

卯之吉は、久蔵の意外な注文に戸惑いながらも話し始めた。

「……実は私の父親の仁左衛門は、倅の私が申すのも何でございますが、罪深い人でして、昔、京屋さんと云う呉服屋の旦那さまを騙りに遭わせて潰し、旦那様夫婦を心中に追い込みました。私は一人息子として情けなく、恥ずかしく、京屋の皆さまに申し訳ない気持ちで一杯でした。それで、父が死んだ後、京屋さんの娘さんたちに謝りたいと、探しました。そして、やっと妹のお袖さんは見つけたのですが、姉のお絹さんはどうしても見つかりませんでした。それで私は、妹のお袖さんに嫁になってくれと申し込みました。そして、二人の間に出来た子に鶴乃屋の身代の全てを渡そうと、それが父の罪を償う唯一つの手立てだと思いました。ですが、何分にも私はお袖さんの仇《かたき》の倅……」

「断られたかい……」

「はい。ですが、私は諦められませんでした」

「そして、半年通い、ようやく嫁に来て貰ったかい……」

「はい……」

「じゃあ、お鈴さんは……」

お京は愕然とし、お鈴の顔を見詰めた。

「ああ。お鈴は京屋の娘のお袖だぜ」

「でも、でも、名前が……」

お京は取り乱した。

「お前と同じ、忌まわしい昔の事を忘れようと、名前を変えて生まれ変わったんだよ」

「お京さんと同じ……」

お鈴が怪訝にお京を見た。

「お鈴、お京の本当の名前は、お絹だよ」

お鈴の顔が弾けた。

「姉さん……姉さんなんですね」

「お袖……」

「姉さん……」

お鈴はお京に縋りついた。

お京は抱き締めた。縋りついて泣くお鈴を言葉もなく抱き締めた。

お絹とお袖、姉妹の嗚咽《おえつ》が掘割の水面を静かに伝い、流れた。

卯之吉がすすり泣きを洩らした。

弥平次は姉妹の再会を喜び、そして哀しんだ。

「お袖……」

お京はお鈴を優しく離し、卯之吉に頭を下げた。

「卯之吉さん、いろいろありがとうございました。お袖を、いえ、お鈴さんをくれぐれも宜しくお願いします」

「姉さん……」

「お鈴さん、私はお京。あなたとは縁もゆかりもない赤の他人の女盗賊のお京なんですよ」

「そんな……」

お鈴が、再びお京に縋りつこうとした。

「秋山さま……」

お京はお鈴に背を向けた。その背は、お袖を始めとした過去の全てを拒否した。

「いいのかい、お京……」

「はい。私は二代目般若の義平。佐平たち手下が待っています。早く行ってやらなければ、義理が立ちません……」

「分かった。じゃあ、卯之吉、お鈴、昔話はもう終わりだ。何もかも忘れて新吉と三人、仲良く暮らすんだな。親分、二人を送ってやってくれ」

「はい……」

久蔵はお京を促した。

お京は卯之吉とお鈴に深々と頭を下げ、久蔵と南茅場町《みなみかやばちょう》にある大番屋に向かった。

弥平次は、泣き崩れるお鈴や卯之吉と見送った。

南茅場町の大番屋は、掘割沿いに進み、交差する日本橋川に架かる江戸橋を渡った処にある。

久蔵とお京は、微かに聞こえる掘割の流れに沿って進んだ。

「秋山さま、どうして私とお鈴さんが、姉妹だと思ったのですか……」

「お京、日本橋の橋詰で、泣いている新吉とお前を初めて見た時、俺は似た母子だと思ったもんだぜ」

「似た母子……」

「それが赤の他人だと知り、俺の勘も狂ったと思ったぜ。処が伯母と甥。似ていても不思議はねえやな……」

「そんなに似ていましたか……」

「ああ、俺にはそう見えたぜ」

久蔵は微笑んだ。

「そうですか……」

お京は小さく笑った。嬉しげで晴れやかな笑いだった。

日本橋川の土手には、真っ赤な彼岸花が夜目にも鮮やかに咲いていた。

第二話

# 土壇場

一

神無月《かんなづき》——十月。

古来、八百万《やおよろず》の神が出雲大社に集まり、世間から神がいなくなると云い伝えられている月。

小伝馬町《こでんまちよう》牢屋敷には、囚人たちの唱える南無妙法蓮華経のお題目が静かに洩れていた。

久蔵は和馬を従え、牢屋敷の東北の隅にある処刑場に向かった。

囚人たちが南無妙法蓮華経のお題目を唱えるのは、処刑を執行される者がいると行われる慣例だった。

久蔵と和馬は、陰鬱なお題目を聞きながら処刑場に入った。

処刑には、牢屋奉行の石出帯刀《いしでたてわき》、牢屋見廻り同心、検使《けんし》与力、鍵役《かぎやく》同心たちが立ち会う。久蔵は検使与力として、和馬はその供として立ち会う事になっていた。

斬首《ざんしゅ》の刑に処せられる文吉《ぶんきち》は、掛け取り帰りの商家の番頭を殺して、十両もの金を奪った罪で和馬に捕らえられた。

文吉は米問屋『三国屋《みくにや》』の倅だが、酒と博奕と女の三拍子揃った放蕩息子であり、父親の文造《ぶんぞう》に勘当された身だった。そして、遊ぶ金が欲しくて番頭を刺し殺し、金を奪った。

現場には、『米問屋三国屋』と染め抜かれた手拭と文吉の匕首《あいくち》が残されていた。文吉は和馬に捕らえられて白状し、死罪の裁きを受けたのだ。

処刑の刻限になった。

四人の鍵役同心の並ぶ横手の入口から、牢屋下男《しもおとこ》たちが文吉を引き立ててきた。後ろ手に縛られた文吉は、腰を落として両足を踏ん張り、子供のように泣き叫んでいた。惨めで見苦しい姿だった。

牢屋下男たちは、嫌がる文吉を情け容赦なく土壇場《どたんば》に引き据えた。

土壇場には、斬首役である牢屋同心が待ち構えていた。文吉は半紙を二つ折りにした面紙《つらがみ》で目隠しをされ、土壇場の穴に首を押し出された。

「嫌だ。死ぬのは嫌だ。俺は殺しちゃあいねえ。助けてくれ、死ぬのは嫌だあ」

文吉は恥も外聞もなく泣き喚いた。

「馬鹿野郎が、身から出た錆だ……」

和馬は呟いた。

久蔵は嘲笑も苦笑も浮かべず、冷徹な眼差しで文吉を見詰めていた。

斬首役の牢屋同心が刀を抜き、刀身に水を流して大上段に構えた。

「お待ち下さい」

入口に牢屋同心が駆け込んできた。

斬首役の牢屋同心が、刀を構えたまま凍《い》てついた。

「何事だ」

牢屋奉行の石出帯刀が、苛立ちを含んだ声で問い質した。

「はっ。只今、南町奉行所年番方《ねんばんかた》与力成島監物《なるしまけんもつ》さま、処刑の即刻中止を求めてお見えにございます」

「秋山殿……」

石出が、成島と同じ南町奉行所与力の久蔵を見た。

「さあ……」

久蔵は処刑中止に思い当たる理由はないがと、首を横に振って見せた。

「そうか……よし、処刑は中止だ。文吉を牢に戻せ。秋山殿……」

「理由、聞いてみるしかありますまい……」

石出は足早に処刑場を出た。久蔵が続いた。

不意に甲高い笑い声が響き、和馬は驚いた。

文吉だった。

首を斬られる寸前で助かった文吉は、全身を弛緩させて涎を垂らし、狂ったように笑っていた。


南町奉行所年番方与力成島監物は、入ってきた石出と久蔵に苦さを含んだ顔を向けた。

「何事ですかな、成島殿……」

「石出さま、先ほど一ツ橋家勘定役森田《もりた》嘉門《かもん》殿がお奉行所に参られ、三国屋文吉が掛取り番頭を殺して金を奪ったと云う時刻には、御自分の酒の相手をさせていたと申し出ましてな」

「酒の相手……」

「左様……」

「それが事実なら文吉に番頭を殺せる筈はなく無実。つまり、文吉を下手人として捕らえたのは、取違えとなるが……」

久蔵は眉をひそめた。

「如何にも、秋山……」

成島監物はうんざりした眼で久蔵を見た。

年番方与力は、町奉行所全般を取締り、金銭の保管出納《すいとう》、同心などの監督任免が役目であり、経験豊富な古手与力が任命された。

「成島さん、番頭の腹に刺さっていた匕首は文吉のものに間違いなかった。博奕の借金を返せなくて困っていた文吉が、凶行の翌日、十両の借金を耳を揃えて返していた。そして、文吉は番頭殺しを白状した。誰がみても下手人とするのに不足はない筈だ」

「凶行に及んだ刻限には、何をしていたと云うのだ」

「そいつは覚えていねえと惚《とぼ》けやがった。それより成島さん、一ツ橋の森田嘉門、どうして今頃、言い出してきたんですかい……」

「それが、文吉と酒を飲んだ翌日、殿さまの急な遣いで、甲府に行っていたそうだ」

「甲府にねえ……」

「成島殿、一ッ橋家の森田殿と三国屋、何か関わりがあるのかな……」

石出は至極当然な疑問を質した。

「米問屋の三国屋は、一ッ橋家に出入りを許された御用達《ごようたし》です」

「御用達……」

「成る程、そう云う関わりか……」

久蔵は嘲笑を浮かべた。

「何れにしろ秋山、相手は御三卿《ごさんきょう》一ッ橋家の勘定方。無視は出来ぬ」

御三卿とは、八代将軍吉宗《よしむね》公が次男宗武《むねたけ》に田安《たやす》家、四男宗尹《むねただ》に一ッ橋家、そして長男で九代将軍家重《いえしげ》の次男重好《しげよし》に清水家を、宗家《そうけ》の将軍家に万一の事がある時に備え、十万石を与えて創設させた家であった。それは、初代将軍家康公が、尾張、紀伊、水戸を御三家としたのと同様の意味があった。

その一ッ橋家勘定方の森田嘉門から疑念が出された限り、放って置くわけにはいかない。

「上様の御一族となれば、下手な真似は出来ませんか……」

「左様。秋山、文吉の一件、再吟味致すしかあるまい」

「ですが、裁きは評定所のお歴々が決定された事……」

「秋山、そのお歴々の一人のお奉行の命令だ」

「己の配下を信じず、我が手で己の首を絞めようって訳ですか……」

再吟味は南町奉行所の威厳を貶《おとし》め、町方の者の信用を失いかねない。久蔵はそれを恐れずにはいられなかった。そして久蔵は、番頭を殺して金を奪った下手人が文吉だと確信していた。


南町奉行所は重苦しい雰囲気に包まれた。土壇場に首を差し出した下手人に取違えの疑いが出た上、御三卿一ツ橋家が絡んできたのだ。町奉行の荒尾但馬守《あらおたじまのかみ》は狼狽し、文吉を捕らえた和馬を厳しく叱って謹慎させ、久蔵に早急な解決を命じた。


久蔵は、筆頭同心の稲垣源十郎《いながきげんじゅうろう》を始めとした定町廻り同心たちを集め、動揺せずに役目を厳しく遂行する事を命じた。

文吉の斬首が中止され、再吟味になった事が江戸の町に知れ渡るのに時はかからない。久蔵はその時、町の者たちに「やはり……」と思われるのを恐れたのだ。

隙をつくるな……。

久蔵は厳しく命じた。


暮六つ。

八丁堀岡崎町の秋山屋敷に、南町奉行所臨時廻り同心の蛭子市兵衛が訪れた。

「御苦労さまにございます……」

久蔵の義妹の香織が式台で迎えた。

「急な御用と伺いましたが、何でしょうね」

この日、市兵衛は奉行所に出仕せず、ごろ寝を決め込んでいた。

数年前、市兵衛は女房に逃げられていた。以来、市兵衛は出世や栄達は勿論、手柄を立てる意欲も失い、同心をお役御免になりかけた。だが、久蔵は市兵衛の能力を惜しみ、臨時廻りにしたのだ。

「さあ、何も伺っておりませんが……」

「まさか、一杯やろうってんじゃありませんよね」

市兵衛は寝起きの顔をほころばせた。

「きっと。和馬さんが深刻な顔をしていますし、柳橋の親分さんと幸吉さんもお見えになっています」

「それはそれは……」

市兵衛の寝起きの緩んだ顔が、一瞬にして引き締まった。

久蔵は事の顚末を説明した。

「成る程、取違えですか……」

「蛭子さん、取違えなんかじゃありません。番頭を刺し殺し、十両の金を奪ったのは文吉に間違いないのです」

和馬は馬鹿笑いする文吉を思い出し、怒りを込めて訴えた。

「秋山さま、蛭子の旦那、あっしも和馬の旦那のお手伝いをして事件を調べ、文吉をお縄にしました。文吉は自分の仕業だと、確かに認めました」

幸吉が悔しさを滲ませて続いた。

「和馬、幸吉、俺はお前たちを信用している。そいつは市兵衛も親分も同じだろうぜ。だがな、信用できねえって奴も必ずいる。そいつらを納得させるのも、人の生き死にに関わる俺たちの役目だと思いな」

「はい……」

久蔵の厳しい言葉に和馬と幸吉は頷いた。

「で、和馬は謹慎ですか」

「ああ。それで市兵衛、この再吟味、お前にやって貰おうと思ってな。勿論、柳橋の力も借りるが……」

「分かりました。やりましょう……」

市兵衛は昂《たかぶ》りもせず、静かに命令を受けた。

「蛭子の旦那、宜しくお願いします」

弥平次が挨拶をした。

「なあに親分、こいつは一ツ橋さまが、御用達の三国屋に金を積まれて頼まれたのに違いない。そいつを突き止めるまでさ」

市兵衛は事も無げに言い放った。

「その通りだな」

「はい。で、秋山さま、辛うじて土壇場から逃れた文吉は、まだ牢屋敷に……」

「ああ。まだ、取違えだと決まった訳じゃあねえ。暫くぶち込んで置くぜ」

「では、先ずは番頭が殺された時、文吉と一緒に酒を飲んでいたと云う勘定方に逢いますか……」

「じゃあ、あっしは文吉の父親の三国屋文造を当たってみましょう」

「よし、その辺から始めてくれ……」

その後、久蔵は香織に酒を運ばせ、市兵衛や弥平次と細かい手配りを打ち合わせした。

菊の花の咲く庭では、鈴虫が鳴いていた。


米問屋『三国屋』は、神田三河《みかわ》町一丁目の鎌倉河岸に面した処にあった。

一ッ橋家の他にも大名家や大身旗本の御用達をしている米問屋『三国屋』は、店先に多くの金看板を掲げていた。

行商の鋳掛屋が、荷船が忙しく出入りする鎌倉河岸の片隅に店を開いた。弥平次の手先の寅吉だった。

「玉や、玉や、ふき玉や……」

しゃぼん玉売りの由松が、長閑《のどか》な売り声をあげてやって来た。そして、薄汚い衣を纏った托鉢坊主の雲海坊が、下手な経を読みながら町内を廻り始めていた。

弥平次は米問屋『三国屋』を見張り、文吉の父親である主・文造の動きを調べる事にした。御三卿一ッ橋家との関係は、倅の文吉より主で父親の文造の方が強いのに決まっている。一件の背後には、息子可愛さの文造が潜んでいるのは間違いない。久蔵と弥平次、そして市兵衛はそう睨んだ。

米問屋『三国屋』は繁盛していた。鎌倉河岸の『三国屋』の桟橋には、米俵を満載した荷船が次々と着いた。そして、『三国屋』からは、人足たちの牽《ひ》く大八車が米俵を積んで次々と出掛けていった。

御三卿一ツ橋家の屋敷は、江戸城の北にある一ツ橋御門を渡った処にあった。

蛭子市兵衛は幸吉を従えて一ツ橋屋敷を訪れ、勘定方の森田嘉門に面会を求めた。

取り次いだ家来は、幸吉を表門脇の腰掛けに待たせ、市兵衛を用部屋に案内した。

森田嘉門は市兵衛を四半刻ほど待たせて現われた。背が低く痩せた森田は、見るからに算勘《さんかん》に長けている男のようだった。

「森田嘉門だ……」

「南町奉行所同心蛭子市兵衛です」

森田嘉門は一ツ橋家の家臣であるが、元は百五十石取りの御家人だった。新しく建てられた御三卿家に譜代の家臣はいなく、公儀が旗本御家人から移したのだ。

森田嘉門もそうした家臣の一人であった。

「それで、用件は三国屋の文吉の件だな」

「はい。森田さまには、先月十日の酉《とり》の刻暮六つから戌の刻五つ時まで、三国屋の倅の文吉と御一緒だったとか……」

「左様、その方の申す通りだ」

「文吉と何をされていたのですか……」

「うん。酒の相手をさせていたと申した筈だが、聞いておらぬのか……」

「いえ。伺っておりますよ」

「ならば……」

森田は面倒そうに眉をひそめた。

「で、酒は何処で……」

市兵衛は構わずに尋ねた。

「それも……」

「何処ですか……」

市兵衛が人懐っこい笑顔を森田に向けた。

森田は微かにうろたえた。

「両国だ……」

「両国の……」

市兵衛は笑顔で先を促した。

「両国の船宿だ」

「ほう、両国の船宿ですか……」

「左様……」

掛取り帰りの番頭が殺害されたのは、神田川沿いにある湯島の聖堂の傍だ。両国とは急げば半刻ほどで往復できる。

「名前、なんて船宿ですか……」

「それが、両国橋でばったり逢って飲もうと云うことになってな。近くの船宿にあがった。名前はなんと申したか……」

「覚えていませんか……」

「う、うむ……」

「では、文吉とは良く一緒に……」

「なにがだ……」

「酒を飲むのですか」

「それは……」

森田は言葉に詰まった。

「それは……」

市兵衛は笑顔で返事を待った。

「何しろ文吉は、御用達の米問屋三国屋の倅。何かと便宜を図って貰っているのでな。だが、時々だ、時々……」

「そうですか、勘定方も大変ですな」

「ならば、御用繁多の折り、この辺で……」

森田は座を立とうとした。

「あっ、森田さま」

「な、なんだ……」

森田は狼狽した。

「船宿で飲んでいる間、文吉が座を外したと云う事はありませんでしたか……」

「ない」

森田はこれ以上は面倒だと云わんばかりに否定した。

「蛭子とやら、某《それがし》は御三卿一ツ橋家家臣。本来ならばその方たち町方の相手をする暇などないのだ。それを、一ツ橋家の御厚意により、こうして力添えしたのをくれぐれも忘れるでない。無礼があった時は、御三卿一ツ橋家が黙っておらぬぞ。良いな」

「へへっ……」

市兵衛は平伏した。

森田は御三卿一ツ橋家の権威を強調し、用部屋を出て行った。

虎の威を借る狐……。

市兵衛は湧き上がる苦笑を抑え、幸吉の待っている表門に向かった。


一ツ橋御門を渡ると、正面に一番火除地《ひよけち》と三番火除地がある。火除地とは、火事の延焼を防ぐ為に作られた空き地である。市兵衛と幸吉は、堀と火除地の間の道を神田に進んだ。その道の先に神田橋御門があり、米問屋『三国屋』のある三河町一丁目に出る。つまり、一ツ橋屋敷と米問屋『三国屋』は遠くはなかった。

「で、旦那、森田嘉門さま、どんなお方でした……」

「幸吉はどんな方だと思う」

「そうですね。痩せていて妙に偉そうで、その癖びくびくしているって感じですかね」

「流石《さすが》は幸吉。ざっとそんな処だ。で、あの日は両国の船宿で文吉と飲んでいたそうだ」

「両国の船宿って、何処ですか……」

「そいつが、名前は覚えていないそうだよ」

「両国の船宿ですか……」

幸吉は苦笑せずにはいられなかった。

隅田川と神田川の合流地が両国であり、親分弥平次の女房おまきが営む船宿『笹舟』はすぐ傍の柳橋にあった。つまり、両国一帯の船宿の中には、『笹舟』も含まれ、弥平次や幸吉には縄張り内と云えた。その中の船宿なら名前が分からなくても、割り出して突き止めるのは容易な事だ。森田嘉門はそれを知らず、安直に両国の船宿と云ったのだろう。

「分かりました。すぐ調べてみましょう」

「で、そっちはどうだったい」

「それですが、森田嘉門さまは、奥方さまとお嬢さまの三人家族で下谷《したや》の御徒町《おかちまち》から通って来ていましてね、小普請組《こぶしんぐみ》から一ツ橋さまに移ったそうです。門番に聞いたところでは、細かい事に煩《うるさ》い気の小さな方だそうです」

　幸吉は市兵衛が森田に逢っている間、表門の腰掛けで古手の門番に金を握らせ、森田に関する情報を集めていたのだ。市兵衛と幸吉にしてみれば、森田本人に逢うより、情報を集める方が大切だった。

「奥方とお嬢さまの三人暮らしねえ……」

「ええ。奥方さま、結構きついお人らしく、森田さま、小遣い、余り持たされていないようですよ」

「その森田さまが、両国の船宿で文吉と一刻も酒を飲んだか……」

「それも気になりますが、旦那。森田さまは最近、女を囲ったんじゃあないかと……」

「女……」

「何処の誰かは分かりませんがね……」

「よし、そいつを突き止めるか……」

「じゃあ、あっしが……」

「よし、だったら私は、親分と一緒に船宿の洗い出しをするよ」

市兵衛と幸吉は二手に別れた。

二

米俵の出し入れの忙しい時も終わり、昼が過ぎた頃、『三国屋』の丁稚《でっち》が町駕《まちか》籠《ご》を呼んできた。町駕籠は、普段から『三国屋』に出入りしている『駕籠清《かごせい》』のものだった。

『三国屋』から主の文造が、若い手代をお供にして出て来た。文造は、御用達の米問屋の旦那らしく大柄で精力的な風貌をしていた。番頭を始めとした奉公人たちが、町駕籠に乗って出掛けて行く文造を見送った。

雲海坊と由松が、鋳掛屋の寅吉に合図を送って素早く尾行をしていった。

『三国屋』の奉公人たちの緊張が、文造の乗った駕籠が人込みに消えた途端に緩んだ。寅吉は文造の厳しさと、店の雰囲気を知った。

「そいつは面白いことになりましたね」

弥平次は苦笑した。

「ああ、すぐに調べて貰えるかい」

市兵衛は、お糸の作ってくれた浅蜊《あさり》丼《どん》を食べ終え、茶を啜った。

「勿論です。お糸、台所に飴売りの直助がいる筈だ。呼んできてくれ」

「はい……」

『笹舟』の養女のお糸は、空になった丼を片付けた。

「お糸ちゃん、浅蜊丼、美味かったよ」

市兵衛はお糸を誉めた。

「ありがとうございます」

十五歳のお糸は、頬を赤く染めて嬉しげに出て行った。

「蛭子の旦那、そろそろ後添いをお貰いになったら如何ですか……」

弥平次の女房で『笹舟』の女将のおまきが微笑んだ。

「いや……」

市兵衛は淋しげに笑い、首を横に振った。淋しげな笑いの底には、妻に逃げられた過去が秘められていた。

「おまき、余計な事を云うんじゃあない」

「なあに親分、女将さんは心底心配してくれているだけさ……」

「申し訳ございません。旦那……」

おまきは弟でも心配する眼差しで、市兵衛に頭を下げた。

「お呼びですか、親分……」

飴売りの直助が、廊下にやって来た。

暮六つ。

三十六の見附門が閉められる。

一ツ橋家勘定方森田嘉門が、見附門の一つである一ツ橋御門から現われ、火除地の間を進んだ。

幸吉が物陰から現われ、森田を追った。

火除地の間を抜けた森田は、駿河台の武家屋敷街を通り、神田川に向かって足早に進んだ。

そのまま進んで神田川を越えると神田明神、湯島天神、不忍池、そして下谷御徒町になる。

下谷には、小旗本や御家人達の暮らす御徒町があり、森田嘉門の屋敷もある。

森田は自分の屋敷に帰るのか……。

だが、幸吉は森田が囲っている女の家に行くと睨んでいた。

そうでなければ、あんなに急ぎはしない筈だ……。

森田は、囲っている女に早く逢いたい一心で急いでいる。

幸吉は足早に行く森田を追った。

神田川に架かる昌平橋《しょうへい》を渡った森田は、明神下を進んで左手の妻恋坂《つまこい》に入った。

やはり女の家だ……。

下谷御徒町に帰るには、左手に曲がるより、右手に曲がるか、真っ直ぐ行くべきなのだ。

幸吉は慎重に尾行した。

妻恋坂の途中には、その名の謂《いわ》れの妻恋稲荷がある、森田はその妻恋稲荷の横手の路地にはいった。

路地の奥に女の家があった。森田は辺りを窺い、素早く女の家に入った。

幸吉は裏手に廻り、植え込みの陰に身を潜めた。やがて障子が開き、若い豊満な身体の女が、うんざりした面持ちで雨戸を閉め始めた。薄暗い部屋の奥には、いそいそと着物を脱いでいる森田の顔がちらりと見えた。

女の顔を見届けた幸吉は、その名前と素性を確かめようと辺りに聞き込みを始めた。

深川富岡八幡宮《とみがおかはちまんぐう》は、応神天皇を主神とした大社であり、その祭りは神田祭、山《さん》王《のう》祭と並び江戸の三大祭の一つとして名高かった。

門前には岡場所が賑わい、その中には料理茶屋『平清《ひらせい》』があった。

『平清』は、日本堤山谷《にほんづつみさんや》の『八百善』と江戸の評判を二分している料理茶屋だった。

『三国屋』文造が駕籠で乗り着け、『平清』に入って既に一刻が過ぎていた。

雲海坊と由松は、文造が一人で芸者と遊んでいるのか、誰かと逢っているのかを突き止めようとした。だが、流石に江戸で名高い料理茶屋だけあり、塵を棄てに来た下女も表を掃除していた下男も口は堅かった。

「どうします、雲海の兄い」

由松は苛立ちを浮かべた。

「焦るんじゃあねえ、由松……」

雲海坊は苦笑し、『平清』の前に腰を据えた。

戌の刻五つ。

二人の供侍を従えた武家の駕籠が、『平清』の女将や芸者たちに見送られて出て来た。

「兄い。お武家の駕籠ですぜ……」

「ああ、ひょっとしたら文造の相手かもな」

雲海坊の直感が囁いていた。

「あっしが何処の誰か突き止めますよ」

「相手は侍、無理は禁物だぜ」

「分かっていますよ」

由松は身軽に武家の駕籠を追っていった。

四半刻後、文造が待たせてあった町駕籠が、『三国屋』の手代と一緒に出て来た。

文造が逢った相手は、武家駕籠に乗って帰った武士……。

雲海坊はそう確信し、町駕籠の後を追った。

文造の乗った町駕籠は、隅田川に架かる永代《えいたい》橋を渡り、日本橋川沿いに北西に向かって鎌倉河岸の『三国屋』に戻った。

米問屋『三国屋』の前、鎌倉河岸には夜鳴蕎麦の屋台が出ていた。長八の屋台だった。

雲海坊は屋台に駆け寄り、長八に蕎麦を頼んだ。

「雲海坊、蕎麦を食う前に一杯やんな」

長八が、湯呑に酒を注いでくれた。

「えっ、いいのかな……」

「今夜はもう三国屋に動きはないだろう。親分も野暮じゃあないさ」

「ありがてえ……」

雲海坊は茶碗酒を美味そうに飲んだ。そして、蕎麦を啜っていた時、由松が戻ってきた。

「どうだった……」

「それが雲海の兄い、あの武家の駕籠、一ツ橋御門を入っていきましてね」

「一ツ橋御門だと……」

「って事はなにかい、由松。三国屋の文造は一ツ橋家のお偉いさんと逢っていたのかい」

長八が眉をひそめた。

「へい。一体、誰なんでしょうね」

『三国屋』文造の倅・文吉は、一ツ橋家家臣森田嘉門の証言で土壇場から逃れた。それは、文吉と森田の関わりだけではなく、父親の文造と一ツ橋家の重臣との繋がりの結果なのだ。

「雲海坊、由松、こいつは俺たちの手に負えるもんじゃあねえかもな」

「ああ……」

托鉢坊主の雲海坊は、長八の言葉に微かな緊張を滲ませた。

隅田川に秋風が吹き抜け、行き交う船の櫓《ろ》の雫《しずく》の煌めきも爽やかだった。

船宿『笹舟』の弥平次の居間には、市兵衛と幸吉、雲海坊が集まっていた。

「それで雲海坊、文造と逢っていた一ツ橋家のお偉いさん、誰か突き止めたのかい」

「そいつが、平清の者たちの口が堅くてまだ」

「口が軽きゃあ、一流の料理茶屋の奉公人にはなれないかい……」

「へい。それで今、由松が座敷についた芸者たちを尋ね歩いています」

「聞き出せるといいな……」

「へい……」

「それにしても蛭子の旦那、こうなると森田嘉門さんは……」

弥平次の眼に哀れみが過《よ》ぎった。

「幸吉、森田さんは妻恋稲荷裏に住んでいる女にどっぷり浸かっているんだろう」

「はい。女の名はお艶《えん》。歳は二十二歳で十八の年からの妾稼業《めかけ》……」

男が外で稼ぎ、女が家を守って子供を育てる時代、女の職業は数少なかった。

町芸者、三味線小唄や生花などの遊芸の師匠、女中、仲居、髪結《かみゆい》。そして、色を売る女郎や水商売の他に妾奉公も立派な仕事であった。

「昨日も行くなり雨戸を閉めて、お艶もうんざりしている様子です」

幸吉は苦笑した。

「で、お艶はいつから囲われているんだい」

「そいつが面白い事に、文吉が無実だと証言した日からです」

「蛭子の旦那……」

「ああ、森田さんは文吉を助ける手駒に過ぎないようだな」

「ええ。文吉が無実だと証言する代償にお艶を囲って貰ったんでしょう」

「三国屋文造の仕業ですか……」

幸吉が睨んだ。

「きっとな……」

「嘘の証言をして商人に妾を囲って貰う。情けねえ侍だぜ……」

雲海坊が吐き棄てた。

「森田の野郎を締め上げ、嘘の証言だと吐かせるのが一番ですぜ」

「雲海坊、相手はお武家。それも公方《くぼう》さまの一族の御三卿一ツ橋家の家臣だ。下手な手出しは出来ないさ」

「ですが親分……」

「町奉行所が迂闊な真似をしないようにする為の一ツ橋家だ」

市兵衛は雲海坊に笑顔を向けた。

「そいつは分かっていますが……」

「いずれにしろ蛭子の旦那。一ツ橋家のお偉いさんが絡んでいるとなると、じっくり腰を落ち着けて掛からなきゃあ、こっちが叩き潰されるかもしれませんね」

「ああ、とにかく今は、一ツ橋家のお偉いさんが誰かを突き止め、森田嘉門が下手を踏むのを待つしかないか……」

「ええ。幸吉、雲海坊、聞いての通りだ」

弥平次は厳しい面持ちで命じた。

「へい。処で旦那、親分。二人が酒を飲んでいたって両国の船宿、見つかりましたか」

「いいや、直助にも手伝って貰い、旦那と探したが、今のところ、二人を覚えている船宿はないよ」

「やっぱり……」

森田嘉門の証言を信じている者は最初《はな》からいない。そして最早、森田はお艶の豊満な肉体を与えられて偽証したと信じる者ばかりだった。

南町奉行所年番方与力成島監物は、奉行の荒尾但馬守と裏居間での話し合いを終え、自分の御用部屋に久蔵を呼んだ。

「……いつ、文吉を放免するのだ」

成島は厳しい眼を久蔵に向けた。

一ツ橋家が問い質して来た……。

久蔵は腹の底で苦笑した。

「一ツ橋家勘定方森田嘉門の証言が正しいと決まった時に放免しますよ」

「森田嘉門には蛭子市兵衛が問い質したそうではないか……」

「ほう、そうですか……」

「聞いておらぬのか」

「左様、市兵衛は森田の証言が間違いないと、まだ云って来ていませんな」

「ならば、文吉の放免は……」

「まだまだ……」

「秋山……」

成島は声を潜めた。

「探索の日を限ると申してきた」

「日限尋《ひぎりたずね》ですか……」

「左様、再吟味は今日より五日間。その間に一件を始末しなければ、責めは神崎和馬はもとより、秋山、お主にも及ぶと心得ろ……」

五日の間に新たな事実が浮かばない限り、森田の証言は間違いなしとされ、文吉は放免しなければならない。そして、和馬は取違えをした同心として〝本年限り〟で同心を辞めさせせられるのだ。

町奉行所の同心は、正確には一代限りの抱え席であって世襲ではない。年の暮に年番方与力に呼ばれ、〝本年限り〟と宣告されればそれ迄の役職なのだ。

「今日より五日……」

「よいな……」

「ふん。ぼろが出ない内にさっさと片を付けようって魂胆ですか……」

「秋山、俺に出来るのは……」

年番方与力の成島は、南町奉行所をまとめるのが役目だ。成島自身、奉行の荒尾但馬守が一ツ橋家の言いなりになり、己の配下を蔑《ないがし》ろにするのが許せなかった。

「結構ですよ、成島さん……」

「すまぬ……」

成島は頭を下げた。

「なあに、いざとなれば俺が家禄を返上するか、腹を切れば済む事。どうって事はありませんよ……」

久蔵は不敵に笑った。

五日間……。

久蔵は、日限尋にされた事を市兵衛や弥平次に告げなかった。

市兵衛と弥平次たちの探索にこれといった進展はなかった。

森田嘉門は、相変わらずお艶の豊満な肉体に溺れていた。そして、『三国屋』文造と逢った一ツ橋家の重臣の正体も摑めなかった。

何の進展もなく二日が過ぎ、残り三日になった。

その日の朝、久蔵はいつもの通り、両親と亡き妻・雪乃《ゆきの》、そして非業の死を遂げた岳父北島兵部《きたじまひょうぶ》の位牌に手を合わせた。

「義兄上……」

一緒に手を合わせていた香織が、怪訝な声を掛けた。

「なんだい……」

「何かございましたか……」

久蔵は僅かに怯んだ。

「……別になにもないが、どうしてだ」

「ここの処、手を合わせているのが、少々長いように思いまして……」

香織は、久蔵の微かな変化を敏感に感じ取っていた。

久蔵は思わず苦笑した。

「香織に見破られるとは、秋山久蔵も修行が足らねえな」

「やはり、何かございましたか……」

香織は真剣な面持ちで膝を進めた。

「香織、ここだけの話だぜ」

「はい……」

香織は久蔵を睨みつけ、喉を鳴らした。

「ま、そう怖い顔で睨むんじゃあねえ」

「はい……」

緊張している香織の返事が掠れた。

「実はな……」

久蔵は文吉の一件を話し、日限尋にされた事を教えた。

香織は驚いた。

「いいな香織。この事は口外無用。特に与平やお福にはな……」

与平とお福の知る処になると、大騒ぎをするのに違いなかった。

「いいな」

「は、はい……」

「心配するな香織。市兵衛も柳橋の親分も下手は踏まねえよ」

久蔵は笑った。笑いの裏には、市兵衛と弥平次たちへの信頼が込められていた。

暮六つ。

森田嘉門はいつものように一ツ橋御門を出て、妻恋稲荷裏のお艶の家に向かった。その後を幸吉が追っていた。

幸吉は森田嘉門を見張り続けていた。

いつか必ずぼろを出す……。

そう信じ、粘り強く見張りを続けた。

森田は駿河台を抜け、昌平橋を渡って明神下を足早に進んだ。そして、妻恋稲荷横の路地に入った時、手拭を被った若い男が森田に襲い掛かった。

森田は身を投げ出し、辛うじて若い男の匕首から逃れた。

幸吉は咄嗟《とっさ》に物陰に潜んだ。

森田は恐怖に引きつった声をあげ、倒れたまま尻で後退した。

若い男はのっぺりした顔に侮《あなど》りを浮かべ、匕首を閃《ひらめ》かせて森田に迫った。風体から見てやくざか遊び人のような男だった。

「た、助けてくれ……」

森田は武士であるにも拘らず、恥も外聞もなく命乞いをした。

若い男は嬉しげに笑った。森田に嘲笑を浴びせて匕首を弄《もてあそ》んだ。

森田は路地の隅に追い詰められた。次の瞬間、若い男は森田の頬に匕首の刃を滑らせた。

森田が女のような悲鳴をあげた。

「何をしていやがる」

幸吉が怒鳴りながら飛び出した。

若い男は素早く身を翻《ひるがえ》し、路地の奥の暗がりに逃げ込んだ。

森田は頬を血に染め、恐怖に震えて泣いていた。

「大丈夫ですか、お侍さん……」

幸吉は森田に声を掛けた。だが、森田は我を忘れ、子供のようにしゃくりあげていた。

近所の住人たちが顔を出し始めた。

「旦那、このままじゃあ役人が来ますよ」

森田は我に返った。

「拙《まず》い……」

森田の怯えた眼に狡猾さが戻った。

「どうします」

「すまぬ。手を貸してくれ」

森田は幸吉の肩に縋り、お艶の家に急いだ。

「こっちだ……」

森田はお艶の家の格子戸を叩いた。

「お艶、儂《わし》だ。森田だ。早く開けてくれ……」

お艶の返事はなかった。

幸吉は格子戸を横に引いた。格子戸はからからと軽やかな音を立てて開いた。

幸吉は森田を連れ込んだ。

「お艶……」

家の中は、庭への雨戸が開いており、お艶の姿はなかった。森田はお艶の名を呼び、家の中を探し始めた。

幸吉は部屋の隅に落ちていた手拭に気付き、拾い上げた。森田を襲った若い男が被っていた手拭だった。

男はおそらくお艶の情夫《いろ》、ひもなのだ……。

お艶は、森田の毎晩のしつこさにうんざりし、情夫に脅しを掛けさせたのかもしれない。

幸吉は手拭を懐に入れ、込み上げる笑いを懸命に我慢した。

「お艶……」

森田は次の間に敷かれた色っぽい蒲団の上にへたり込み、呆然とお艶の名を呼んでいた。

幸吉は庭に飛び出した。そして、我慢の限界に達した幸吉の笑い声が、夜空に響いた。

三

事態は僅かだが動いた。

お艶は情夫と思われる若い男と姿を消した。そして、頰を薄く斬られた森田嘉門は、妻と娘のいる御徒町の屋敷に帰った。

武士が顔に刀傷を負うのは恥辱である。

森田は奉公先である一ツ橋家に病の届けを出し、屋敷に籠もった。

「そいつは嫌われたものだな……」

弥平次は苦笑した。

「武士でありながら、不覚にも頰を斬られたか……」

市兵衛は暗澹《あんたん》たる思いだった。

「へい。情けねえものですよ」

「で、こいつがお艶の情夫だと思われる若い男の手拭かい……」

弥平次は、お艶の家に残されていた手拭を広げた。古い手拭の端には、『池之端松葉茶屋』の文字が染め抜かれていた。

「池之端松葉茶屋か……」

「へい。そこから辿《たど》れば、お艶の情夫を突き止められるでしょう」

「そして、お艶も探し出せるか……」

「へい……」

お艶は、『三国屋』文造に金を貰って森田嘉門の妾になった。お艶がそれを認めれば、事態は一変する。

森田嘉門が事件当夜、文吉と両国の船宿で酒を飲んでいたとの証言に信憑性はなくなる。

偽証……。

森田嘉門は、お艶を妾にして貰うのと引換えに偽りの証言をしたのだ。

その事実をはっきりさせ、森田嘉門に偽証を認めさせれば、文吉は再び土壇場に首を差し出す事になるのだ。そして、和馬の〝取違え〟は間違いとなり、南町奉行所の名誉は護られる。

「よし、お艶と情夫の若い男は、俺と直助が追う。幸吉は森田嘉門さんから眼を離すんじゃない」

「はい。で、親分、文吉と酒を飲んだって船宿、ありましたかい」

「そんな船宿、幾ら探し廻ったって浮かびはしないさ……」

嘘偽りの証言に出て来る船宿など、ある筈がないのだ。

三日目が終わり、残り二日間になった。

市兵衛は南町奉行所に行き、久蔵に探索の途中経過を報告した。

「で、今、柳橋がお艶を追っているんだな」

「はい。幾ら森田嘉門が口をつぐんでも、お艶が何もかも話してくれればお仕舞いです」

「ふん。森田も随分、嫌われたもんだな」

久蔵は苦笑した。

「はあ。お艶の情夫に顔を斬られるような奴ですから……」

「武士の風上にも置けねえ野郎か……」

「まあ、今時の武士とも云えますが……」

市兵衛は淋しげに笑った。

おそらく森田嘉門は、一度も斬りあった事のない侍なのだ。ひょっとしたら、刀を抜いた事すらないのかもしれない。それは、泰平の世が長く続き、武士の仕事が戦《いくさ》から宮仕えに変わった結果と云えた。

「市兵衛、森田嘉門には幸吉が張り付いているんだな」

「はい。森田は幸吉の正体を知らず、偶然に通り掛かって助けてくれた男だと思っておりますので……」

「よし、幸吉に出来るだけ森田に近づけと伝えろ」

「心得ました……」

「市兵衛、この一件、文吉を土壇場に戻せば終わりって話じゃあねえ」

「と仰いますと……」

「公儀の裁きを蔑ろにし、金で思い通りに操ろうって小汚い野郎どもを厳しく叩きのめす。そいつが一番の目的だぜ……」

久蔵の眼差しは、いつにもまして厳しかった。

「心得ました」


南町奉行所を出ようとした市兵衛を、年番方与力の成島監物が呼び止めた。

「これは成島さま……」

「どうだ、文吉の一件は」

「はい。鋭意探索中にございます」

市兵衛は長閑に答えた。

成島は眉をひそめた。

「蛭子、秋山から聞いていないのか……」

「何をでございましょうか」

「お奉行に日を限られた事だ」

「日を限られたって、日限尋ですか……」

市兵衛は怪訝な眼差しを成島に向けた。

「……秋山は何も申してはいないのか」

「はい。お奉行、秋山さまに何の日を限ったのですか」

「文吉の再吟味だ。与えられたのは五日間だ」

「五日間……」

「だが、日を限ったのは三日前だ」

「では、残りは今日を入れて……」

「二日間だ」

「二日……」

市兵衛は驚愕した。

「うむ、お奉行が一ツ橋家に脅されたのだ」

成島は憮然と吐き棄てた。

「それで成島さま。もし、もしも文吉が本当の下手人だとする新しい証拠が見つからなければ……」

「取違えで文吉を捕らえた神崎和馬は云うまでもなく、秋山もお役御免になるだろう」

「そんな……」

市兵衛は言葉を失った。

久蔵は市兵衛や和馬、そして弥平次たちの誰にもその事を伝えず、文吉の一件を終わらせるつもりなのだ。その裏には、市兵衛や弥平次たちに余計な心配をかけたくない思いが潜んでいる。

「蛭子、秋山久蔵をお役御免にしてはならぬ。良いな」

「はい……」

市兵衛は茫然とした面持ちで返事をした。そして、焦点の定まらない眼差しで立ち去っていく成島を見送った。


『松葉茶屋』は不忍池の畔の池之端仲町にあった。

弥平次は『松葉茶屋』を訪れ、『池之端松葉茶屋』と端に文字を染め抜いた手拭について尋ねた。

手拭は今年の春、桜の季節に百本ほど作り、贔屓客《ひいき》に配ったものであった。

『松葉茶屋』の女将は、手拭を配った贔屓客の名を書き残してあった。

弥平次は、幸吉に聞いた若い男の人相風体を女将に告げ、手拭を配った贔屓客の中に探した。

　手拭を配った贔屓客の殆どは、大店の主やお内儀、旗本御家人など身元がはっきりしていた。そして、二十本ほどの手拭が、出入りの職人や商人に配られていた。

「そう云えば親分さん、その出入り職人の中に植木屋の伊助《いすけ》と云う若い衆がいましてね。どうも、お探しの男と人相が似ているような気がするんですが……」

女将が首を捻りながら言い出した。

「何処の植木屋だい……」

「ですが、似てるって気がするだけで……」

「女将さん、こっちは似ている気がするだけでも大助かりだよ。で、何処のなんて植木屋だい」

「谷中天王寺の裏手の橋を渡った処にある植源《うえげん》って植木屋さんです」

「親分、裏手の橋を渡るとなると、下日暮里ですか……」

直助は切絵図を思い浮かべた。

「うん。女将さん、植源の伊助だね……」

「はい……」

弥平次は女将に礼を述べ、直助を従えて下日暮里に急いだ。

池之端仲町を出た弥平次と直助は、下谷広小路に出て三橋を渡り、左手に不忍池を見て進んだ。そして、将軍家の菩提寺である東叡山寛永寺の裏手に抜けた。

そこに谷中天王寺があった。

谷中天王寺は富籤《とみくじ》で名高い寺であり、その裏手一帯が下日暮里だった。

植木屋源吉《げんきち》こと『植源』は、天王寺裏の川に架かっている橋を渡った処にあった。

『植源』の親方源吉は、折り良く家で植木の手入れをしていた。

「そう云やあ、確かに松葉茶屋の女将さんから手拭、貰いましたよ」

「その時、伊助って若い衆も一緒だったと聞いたんだが……」

「ええ、確かに野郎を連れて行きましたから、貰った筈ですよ」

「今、いますか伊助は……」

「それが親分、今時の若い奴ときたら……」

源吉は苦々しげに吐き棄てた。

「出て行ったのですか、伊助」

「ええ。夏頃、幼馴染みの女ってのと出逢いましてね。それっきりですよ」

「幼馴染みの女の名前は……」

直助が意気込んだ。

「確か、お艶とか云いましたよ」

お艶……。

森田嘉門を襲った若い男は、やはり伊助なのだ。

「で、伊助は今、何処にいるか分かりますか」

「さあ……」

源吉は首を捻った。

「源吉さん、伊助とお艶はどんな幼馴染みなんですかい」

「根津《ねづ》権現《ごんげん》の宿坊で、坊さまの手習いを一緒に受けた仲だそうですよ」

「じゃあ二人の実家もあの辺りに……」

「ああ。二親はとっくに死んでいるが、伊助の実家は千駄木《せんだぎ》だよ」

「千駄木……曙の里か団子坂、どっちの方ですか」

「団子坂、板倉摂津守さまのお屋敷の方だよ」

弥平次と直助は、根津権現裏の千駄木に向かった。

下谷練塀《ねりべい》小路を抜け、中御徒町に入った処に一ツ橋家勘定方森田嘉門の屋敷はあった。

屋敷と云ってももともと百五十石取りの御家人だ。二百五十坪ほどの敷地に、五つの座敷と台所に納戸のある建坪三十余坪の古く小さな屋敷だった。

あの夜、妻のうたと娘の早苗《さなえ》は、幸吉に担ぎ込まれた森田嘉門を見て仰天した。

森田は頰を手拭で押さえ、胸元を血に染めていた。

「お、お前さま……」

「父上……」

「辻斬りに襲われましてね、傷は大した事はありませんよ」

幸吉は、言葉を失っているうたと早苗を励まし、森田に蒲団を敷いてやってくれと頼んだ。うたと早苗は我に返り、慌てて蒲団を敷いた。

顔を斬られた森田嘉門は、お艶の失踪に激しい衝撃を受けて抜け殻同然になった。以来、森田は寝込んでいた。

幸吉は見舞いをかねて森田家に出入りし、親身に世話をした。そこには当然、監視の意味もあった。

うたと早苗、そして森田嘉門は助けてくれた幸吉を信用し、何かと頼りにした。

幸吉は、一ツ橋家への病届けを提出するうたにも付き添った。

一ツ橋家の側用人相沢外記《あいざわげき》は、すぐに勘定方の同僚を見舞いに寄越した。同僚は人払いをし、森田と僅かな時の密談をして帰った。

同僚が帰った後、幸吉は森田に薬湯を運んだ。森田は悄然と座り込んでいたが、慌てて蒲団に横たわった。

「家臣にお見舞いとは、流石は御三卿一ツ橋さまですね……」

「う、うん……」

森田は幸吉から眼を背け、生気のない返事をした。

一ツ橋家の同僚は、見舞いに来ただけではなく悪い話も持って来た……。

幸吉はそう直感した。

鋳掛屋の寅吉と雲海坊は、米問屋『三国屋』の見張りを続けた。

主の文造は、『三国屋』を一歩も出なかった。

しゃぼん玉売りの由松が、十月だというのに額に汗を滲ませて深川から戻ってきた。

「寅吉さん、雲海の兄い。文造が平清で逢っていた一ツ橋のお偉いさんが誰か、ようやく分かりました」

由松はあの夜、『平清』に呼ばれた芸者たちを割り出し、文造の逢った相手が誰か突き止めて来たのだ。

「誰だった」

「そいつが、相沢外記って一ツ橋家のお側用人でしたぜ」

「お側用人の相沢外記……」

「そいつは大物だな」

側用人は殿さま側近であり、一ツ橋家を事実上管理している重い役目だった。

側用人の相沢と文造が密かに逢っている事実は、勘定方森田嘉門が手駒の一つでしかない証しだった。

「よし、そいつを親分と蛭子の旦那にお報せしろ」

「合点だ」

由松は滲んだ汗の乾く間もなく、柳橋に急いだ。

半刻後、『三国屋』に細長い風呂敷包みを持った中間がやって来た。

「一ツ橋家の中間かな……」

「ああ、きっとな。おそらく手紙でも届けに来たんだろう」

寅吉は細長い風呂敷包みを手紙と見た。

『三国屋』からすぐに出て来た中間は、細長い風呂敷包みは持っていなかった。

寅吉の睨みの通り、文箱に入れた手紙を届けに来たのだ。


伊助の実家は、団子坂を下った千駄木坂下町の片隅にあった。

実家は、閉められて長い年月を経た茶店だった。おそらく一帯に数多くある寺の参拝客を目当てに開いた茶店だったのだろうが、伊助の両親が死んだ時に潰れていた。

「伊助の野郎、いますかね……」

弥平次と直助は、茶店の裏手に廻った。裏手の庭には雑草が生い茂り、家の雨戸は閉められていた。

家に伊助が潜んでいる気配はない……。

弥平次はそう判断し、雨戸を僅かに開けて中に入った。

家の中は暗く、黴《かび》の臭いが重苦しく漂っていた。直助が懐から付け木を出して火を熾し、片隅にあった破れ行燈《あんどん》に明かりを灯した。

行燈の明かりに照らされた家の中には、蒲団が敷かれ、茶碗や皿なども片付けられており、人の暮らしている気配が僅かにあった。

伊助とお艶は、昼間は出掛けていても、夜は此処に寝泊りしているのだ。

「親分、ねぐらですね」

「ああ。伊助とお艶、夜には戻って来るだろう……」

弥平次は直助を残し、人手を揃えに柳橋に戻った。


千駄木を出た弥平次は、不忍池沿いから明神下の通りを抜けて神田川に架かる昌平橋に差し掛かった。

「あれ、親分じゃぁねえですかい……」

昌平橋の船着場に、船宿『笹舟』の船頭伝八《でんぱち》がのんびりと煙草を吸っていた。

「おお。伝八、客待ちかい」

「いいや、昌平坂の学問所に偉い先生を届けて一服しているんでさあ」

「そいつはいい。笹舟に急いでくれ……」

弥平次は、船着場に繋いであった『笹舟』の猪牙舟《ちよきぶね》に乗り込んだ。

伝八の猪牙舟は、弥平次を乗せて神田川を隅田川に向かって下り、柳橋の船宿『笹舟』の船着場に着いた。『笹舟』には、蛭子市兵衛と由松が弥平次の帰りを待っていた。


「日限尋、今日を入れて後二日……」

弥平次は思わず呟いた。

「ああ、私も年番方与力の成島さまに伺って吃驚《びっくり》したよ」

市兵衛は吐息混じりに茶を啜った。

「秋山さまらしいですね」

「ああ、いつでも腹を切る覚悟をしている限り、怖いものなしだ」

「流石は南町の剃刀久蔵、凄いですねえ」

由松が嬉しげな声をあげた。

「由松、お前は黙っていな……」

「へい」

由松は身体をすくめた。

「蛭子の旦那、こいつは一ツ橋さまの仕業ですかい」

「ああ、間違いないだろうね……」

「くそ、相沢外記の野郎、汚ねえ真似しやがって……」

由松が吐き捨てた。

「由松、相沢外記って誰だい」

「へい。三国屋の文造が、平清で逢っていた相手ですが、一ツ橋家の相沢外記ってお側用人だったのです」

「一ツ橋家のお側用人……」

弥平次は眉をひそめた。

「となると、繋がっていたのは文吉と森田嘉門じゃあなく、父親の三国屋文造と相沢外記って訳だ……」

市兵衛の眼が僅かに光った。

「はい。森田嘉門さまは文吉を助ける道具って役どころですか……」

「ああ、三国屋文造にお艶を与えられてな」

「そして、伊助に顔を切られた。森田嘉門さま、これに懲りて何もかも話してくれりゃあいいんですがね」

「そうなりゃあ、伊助の怪我の功名って事になるな……」

「ええ。とにかく、お艶にどうして森田さまの妾になったか聞き出し、そいつを森田さまに突きつけて事のからくりを何もかも白状させる。それしか手立てはありません」

「うむ……」

久蔵がお奉行に与えられた時は、残り一日しかない。何としてでもお艶の身柄を押さえ、森田嘉門に囲われた経緯を聞き出さなければならない。そして、森田嘉門に文吉と両国の船宿で酒を飲んでいたと云う証言を嘘だと認めさせなければならないのだ。

「親分、私は幸吉の処に行ってみるよ」

幸吉の処とは、森田嘉門の屋敷である。

「蛭子の旦那……」

「心配無用だ、親分。私は蛭子市兵衛。秋山さまじゃあないよ」

市兵衛は苦笑し、おまきに声を掛けて『笹舟』を出て行った。

「由松、雲海坊に三国屋の見張りは長八と寅吉に任せ、千駄木に来るように伝えてくれ」

「へい。承知しました」

由松は『笹舟』を身軽に飛び出して行った。

夕陽は既に西に傾き、下谷御徒町に急ぐ蛭子市兵衛の影を長く伸ばしていた。

四

酉の刻暮六つ。

米問屋『三国屋』が店仕舞いを始めた。

寅吉は既に鋳掛屋の店を片付け、長八が夜鳴蕎麦の屋台を仕度していた。そして、雲海坊は呼びに来た由松と既に千駄木に走っていた。

『三国屋』から現われた手代が、何気なく辺りを窺って足早に出掛けていった。

「どうだい……」

長八が、屋台の後ろの暗がりにいる寅吉に囁いた。

「酒か女かも知れないが、念の為、追ってみるよ」

寅吉は、別に急ぎもせず夜の暗がりに手代を追った。

手代は鎌倉河岸を抜け、日本橋通りを横切って今川橋の埋立地に造られた町に入った。埋立地の町並みは乱雑であり、その一角に蔵を作り変えた剣術の町道場があった。

剣術道場からは、明かりと男たちの笑い声が洩れていた。

手代は案内も乞わず、足早に剣術道場に入っていった。それは、訪れ馴れてい
る証であった。

寅吉は剣術道場の暗い軒下に潜み、中でのやりとりを聞こうとした。手代が入
ると同時に、男たちの笑い声が消えた。

「旦那さまからの手紙ですよ……」

手代の声が微かに聞こえた。

寅吉は耳をそばだてた。

だが、道場からは手紙を読んでいる気配がするだけで、肝心なやりとりはまっ
たく聞こえなかった。

「如何ですか……」

「この道場を作ってくれたのは三国屋の旦那だ。逆らう訳にはいかねえな」

『三国屋』文造は、剣術道場の者たちに何事かを命じたのだ。

「じゃあ……」

「旦那に心得たと伝えてくれ」

手代は返事をし、剣術道場から立ち去った。

寅吉は迷った。

手代を追うか、剣術道場を見張るか……。

寅吉は決めた。剣術道場を見張る場所を探した。


団子坂は月明かりに蒼白く浮かんでいた。

伊助とお艶が、じゃれ合うように駈け降りて来て千駄木坂下町の潰れた茶店の裏手に入った。二人は、下谷界隈で小金で遊ぼうとしている商人を見つけては美人局《つつもたせ》を仕掛け、二両ほどの金を稼いで酒と肴を買って帰って来たのだ。

伊助は行燈に火を灯した。

奥に弥平次の姿が浮かび上がった。

お艶が短い悲鳴をあげようとした。一瞬早く、直助が背後からお艶の口を塞いだ。

「……なんだ手前……」

伊助が震えた。


「へい……」

「俺かい、俺は十手を預かっている柳橋の弥平次って者だ」

弥平次が、伊助に哀れむような笑みを投げ掛けた。

伊助は慌てて雨戸を蹴破り、逃げようとした。だが、庭にいた雲海坊が、伊助を殴り飛ばした。そして、倒れた伊助に由松が飛び掛かり、素早く押さえつけた。

「神妙にしやがれ」

由松は怒鳴りつけ、手際よく伊助を縛りあげた。

「お艶、誰に頼まれて森田嘉門さんに囲われたんだい」

弥平次は物静かに尋ねた。

「知らないよ。そんな事」

お艶は半狂乱で怒鳴り返した。

「お艶、お前が何もかも正直に答えれば、伊助が森田さんの顔を切ったのを見逃してやってもいいんだよ」

「見逃す……」

「ああ。相手はお侍だ。伊助のような半端な遊び人に顔を切られたのが世間に知れ渡ると、恥をかくだけだ……」

「恥……」

「だから、出来るだけ表沙汰にしたくないってのが本音。分かるな……」

お艶は頷いた。

「お前を森田嘉門さんの妾にしたのは誰だ」

「み、三国屋の旦那……」

「文造だな」

「うん。二十両で森田の妾になれって……でもあいつ、毎晩毎晩、臭い口でしつこく私の身体を舐め廻して……もう沢山、もう嫌なのよ。だから伊助さんに……」

お艶は豊満な身体を小刻みに震わせ、しゃくりあげ始めた。

やはり森田嘉門は、『三国屋』文造にお艶を宛がわれて偽証したのだ。

「お艶、そいつを町奉行所でもはっきりと云えるな」

「云います。ですから親分さん、どうか、どうか伊助さんを助けて下さい」

「分かった。直助、由松、お艶と伊助を大番屋に連れて行け。俺は雲海坊と森田嘉門さんの処に行く」

弥平次と雲海坊は、下谷御徒町の森田嘉門の屋敷に向かって夜道を急いだ。

米問屋『三国屋』の手代が、店に戻って四半刻が過ぎた。だが、寅吉は戻って来ない。

尾行が見抜かれ、寅吉の身に何か起こったのか……。

それとも、手代の行き先で新たな事態に遭遇したのか……。

長八は考えを巡らせた。

「蕎麦、一杯貰おうか……」

「へい」

長八は振り返って声の主を見た。

着流しの久蔵がいた。

「秋山さま……」

「相棒は誰だい……」

久蔵は辺りを窺った。

弥平次は余程でない限り、一人で張り込みをさせない。

「それが秋山さま、鋳掛屋の寅吉さんなんですが……」

長八は事態を手早く説明した。

「そいつは、きっと手代の行った先で何かあったんだな……」

「秋山さまもそう思いますか……」

「ああ、素人の手代相手に寅吉が下手を踏む筈はねえ」

「仰る通りで……」

「心配は、一人で手に負えるかどうかだな」

「へい……」

長八は眉を曇らせた。

拍子木の音が、夜空に甲高く響いた。

「火の用心さっしゃりましょう……」

夜回りをする木戸番の年季の入った声が、長く尾を引いて近付いてきた。

「長八さんかい……」

白髪頭の老木戸番は、長八に長閑な声を掛けてきた。

「へい。長八ですが……」

長八は腰を僅かにかがめ、それとなく身構えた。

「寅吉さんからの言付けだよ」

「言付け……」

「ああ、今川橋の剣術道場」

「今川橋の剣術道場……」

「それだけだ。じゃあ……」

「父っつあん、その剣術道場、何流だい」

久蔵が尋ねた。

「旦那、ありゃあ強請《ゆすり》たかり流だよ」

久蔵は、老木戸番の遠慮のない言葉に苦笑した。

「って事は道場には……」

「ろくでもねえ食詰め浪人が四、五人、剣術の稽古もしねえでごろごろしているよ」

「そして、強請にたかりか……」

「尤も、此処の旦那の飼い犬って噂もありますがね」

老木戸番は米問屋『三国屋』を顎で示した。

「三国屋の飼い犬……」

長八が緊張の色を浮かべた。

「父っつあん、その剣術道場、今川橋の埋立地跡の町にあるんだな」

「ああ、三国屋の古い蔵を造りなおした道場で、行けばすぐ分かるよ」

「秋山さま……」

「よし、俺が行ってみるぜ」

久蔵は足早に今川橋に向かった。


武家屋敷街の張り込み程、面倒なものはなかった。町場と違って人通りは少なく、張り込み場所に適した店やお堂などもない。

市兵衛は、森田屋敷の斜向かいの御家人屋敷に空いている貸家があるのに気付き、借り受けて張り込み場所にした。

小旗本や御家人は、増えない家禄に暮しが厳しく、借家を建てて町医者などに貸していた。市兵衛は家主の御家人に話をつけ、幸吉と森田屋敷を監視した。

森田屋敷は主の嘉門は勿論、妻のうたや娘の早苗の出入りもなく、静まり返っていた。

幸吉は夜の闇を透かし、貸家の格子窓から斜向かいの森田屋敷を監視していた。

「どうだい、そろそろ交代しようか……」

市兵衛が、欠伸《あくび》混じりの声を掛けてきた。

「いえ、まだあっしが……」

次の瞬間、幸吉が短い声をあげた。

「どうした」

市兵衛が格子窓を覗いた。

弥平次と雲海坊がやって来るのが見えた。

「幸吉……」

「はい……」

幸吉は弥平次を迎えに出て行った。

「そうか、森田がお艶を囲った金、やっぱり三国屋の文造から出ていたかい」

「はい、森田さんがそれを認めれば、あの証言は文吉を助ける為の嘘、偽証だとはっきりします」

「ああ。だがな親分、森田の奴、素直に認めると思うか……」

「それは……」

「認めれば、一ツ橋家御側用人相沢外記の怒りを買ってお払い箱。今更、御公儀直参御家人に戻れる筈もなく。かといって、顔に傷のある者を仕官させる奇特な大名や旗本などいない……」

「ああ、森田は偽証を認めやしないだろう」

「そうですか……」

「ですが親分、そうなったらどうするんです。秋山さまに与えられた日は今晩と明日一日なんですよ」

「今晩と明日一日って……」

雲海坊が幸吉に尋ねた。

「雲海坊、明日までに森田さまの証言が嘘だと証明しなければ、秋山さまと和馬の旦那、お役御免の首になるんだよ」

「首……」

雲海坊は眼を丸くして絶句した。

戌の刻五つ半。

五人の浪人たちが、剣術道場から出掛けた。

「秋山さま……」

「うむ。追うぜ……」

久蔵と寅吉は、暗がり伝いに浪人たちを追った。

五人の浪人たちは、神田お玉が池稲荷の脇を抜け、神田川に架かる和泉橋を渡った。

「寅吉、このまま行けば御徒町だな」

「へい……」

浪人たちの向かう先は、森田嘉門の屋敷なのだ。

口封じ……。

久蔵の直感が囁いた。

一ッ橋家側用人の相沢外記は、米問屋『三国屋』文造に頼まれて勘定方森田嘉門に偽証をさせた。だが、森田に偽証させた餌であるお艶の裏切りは、容易ならざる事態を招いた。

森田はお艶と云う偽証の報酬を失った挙句、顔に傷を負ったのだ。

文吉と云うろくでなしの為に……。

自棄《やけ》になった森田が、偽証の事実を告白すれば、文吉は土壇場に戻され、『三国屋』文造と相沢外記も只ではすまない。

『三国屋』文造はそうした事態になるのを恐れ、先手を打って剣術道場の浪人たちを刺客として森田の屋敷に向かわせたのだ。

久蔵はそう読んだ。

五人の浪人たちは、下谷練塀小路から中御徒町に入った。

「寅吉、森田嘉門の屋敷はこの先だな……」

「へい。ここから二町程先を左に曲がった処の筈ですよ」

「よし、市兵衛と幸吉が張り込んでいる。先廻りしてくれ」

「承知しました」

寅吉は横手の路地に入り、夜の闇に消えて行った。

久蔵は浪人たちを追い続けた。


森田嘉門は眠れなかった。

それは頬の傷が痛むからではない。昼間訪れた同僚の眼が気になって仕方がなかった。

森田は辻斬りと斬り合い、顔に傷を負った。そして、辻斬りも深手を負って逃げたと、同僚に告げた。

真相を知っているのは、襲った遊び人と助けてくれた幸吉だけだ……。

森田は懸命に嘘をついた。

話を聞いていた同僚の眼には、次第に軽蔑と哀れみが広がっていった。

森田は同僚の眼が気になり、眠れなかった。

同僚たちは辻斬り話を信じておらず、嘘だと見抜いているのだ。

頬に刀傷が出来た限り、格式を重んじる御三卿一ツ橋家での出世栄達は望めるものではない。

見詰めている暗い天井が、押し潰そうとするかのようにゆっくりと下がって来る。

森田はそう感じた。

お仕舞いだ……。

森田は呟いた。


五人の浪人たちは、森田屋敷の庭に素早く忍び込んだ。そして、刀を抜いて二手に分かれ、玄関と居間の雨戸を蹴破って中に飛び込んだ。同時に、灰が浪人たちに浴びせられた。市兵衛と幸吉が現われ、灰に目を潰されて怯んだ浪人たちに襲い掛かった。竈《かまど》の灰を入れた手桶を抱えた寅吉が続いた。先廻りをした寅吉が、市兵衛や弥平次たちに報せ、待ち伏せをしたのだった。

後ろにいた浪人たちが、慌てて庭に引き返した。庭には弥平次と由松が待ち構えていた。

乱闘が始まった。

界隈の屋敷は、慌てて明かりを消して戸締りをした。関りを恐れ、知らぬ存ぜぬを決め込んだのだ。

眼を潰された二人の浪人が捕まったが、残る三人の浪人は猛然と反撃にでた。

普段、大した稽古はしていないが、流石に剣術道場に屯している浪人たちだ。

市兵衛と弥平次たちは苦戦した。浪人の一人が、幸吉に手傷を負わせて逃げた。

だが、無駄な行為だった。

久蔵が行く手に現われ、刀の峰を返して心形刀流の閃きを浪人に与えた。

浪人の肩の骨が鈍い音を立てて折れた。

「これ迄だぜ……」

残る二人の浪人は、久蔵と市兵衛、弥平次たちに挟み撃ちにされた。

久蔵が嘲笑を浮かべて踏み込んだ。

浪人の一人が絶望的な奇声をあげ、久蔵に斬り付けた。

久蔵は浪人の刀を弾き飛ばし、横薙《よこな》ぎに胴を払った。浪人は身体をくの字に曲げ、横倒しに崩れた。

「刀を棄てるんだね……」

市兵衛が残る一人に声を掛けた。浪人は刀を棄てた。寅吉と由松が乱暴に浪人を押さえ付け、素早く縄を掛けた。

「秋山さま……」

「市兵衛、親分。森田嘉門に逢おうじゃねえかい」

久蔵は森田の屋敷内に入った。

森田嘉門は、うたや早苗と震えていた。

「御新造、賊は始末した。もう心配ねえ」

「は、はい……」

「俺は南町奉行所与力秋山久蔵、旦那にちょいと話があるんだが……」

「貴方……」

うたは不安げに森田を見た。

「うた、早苗、出て行きなさい……」

森田は覚悟を決め、妻子を促した。そして、二人が出て行ったのを見て項垂《うなだ》れた。

「気がついているだろうが、奴らはお前さんが嘘の証言をしたと告白するのを恐れ、お前さんを殺しに来た……」

森田は項垂れたまま僅かに頷いた。

「文吉と酒を飲んでいたって嘘の証言、側用人の相沢外記に命じられての仕業だな」

「私は……私は三国屋文造に若い女を囲って貰い、嘘の証言をした……」

「よし、そいつをしっかりと口書にして貰おうか、市兵衛……」

「はい。森田さん、一件が落着する迄、奥方や娘さんと安全な処に来て貰いますよ」

市兵衛が親しげに笑った。

夜が明け、日限尋の当日が来た。

米問屋『三国屋』の文造は、『駕籠清』の駕籠を雇い、手代を従えて小伝馬町の牢屋敷に急いだ。放免された文吉を熱海の温泉に湯治に行かせ、世間の白い目から遠ざけてほとぼりを冷ますつもりだ。

『三国屋』文造の倅が、たった十両の金欲しさに馬鹿な真似をするとは……。

文造は後悔した。文吉にもっと金を与えておけば良かったのだ。気儘《きまま》に遊べるだけの金を与えておけば、人を襲って殺すなどと云うつまらぬ事はしなかった筈だ。

牢屋敷の前に人通りは少なく、出入りする者もいなかった。

文造は手代と駕籠を門前に待たせ、牢屋敷の門番に文吉を迎えに来た事を告げようとした。その時、文造は門内の腰掛に座っている久蔵に気が付いた。

久蔵は文造を見て笑みを浮かべた。

文造は不意に不安を感じた。

「おう、お前が三国屋の文造かい……」

久蔵が文造の前に立った。

「は、はい。左様にございますが……」

「やっぱりな、逢いたかったぜ」

「あの、お武家さまは……」

「俺か、俺は南町奉行所の秋山久蔵って者だ」

剃刀久蔵……。

文造の不安は一気に膨らんだ。

「だ、旦那さま……」

門の外から手代の怯えた声がした。

文造は振り向いた。

蛭子市兵衛の指示で、門番たちが門を閉めていた。

文造の不安は驚愕に変わった。

「三国屋文造、偽りの証人を造ってお上の裁きを蔑ろにした挙句、証人を殺して口封じをしようとした罪は重いぜ……」

「秋山さま、何処にそのような……」

「煩《うる》せえ。森田嘉門が何もかも白状したぜ」

市兵衛が背後から文造を押さえ、その場に跪《ひざまず》かせた。

文造は眼の前が小刻みに震え、真っ白になっていくのを感じていた。

一ツ橋家側用人相沢外記は、『三国屋』文造から五百両の金を貰って御三卿の威光を振りかざし、文吉の罪を消し去ろうとした。

相沢は文造が捕らえられたと知ると、すぐに隠居して家督を倅に譲った。そして、密かに腹を切って果てた。一ツ橋家は相沢を病死と公儀に届け、事の真相を闇に葬った。

三日後、『三国屋』文吉は再び牢屋敷の土壇場に引き出され、その首を討たれた。

父親の文造も死罪の裁きを受け、『三国屋』は闕所《けっしょ》となって財産の全てが没収された。

森田嘉門は一ツ橋家に扶持を返し、浪人となって寺子屋で読み書き算盤《そろばん》を教え始めた。

隅田川を吹き抜ける夜風は、晩秋の冷たさを含み始めた。

久蔵の五臓六腑に熱い酒が染み渡った。

「親分、どうにか終わったな」

久蔵と弥平次は、『笹舟』の座敷で酒を飲んでいた。

「はい。和馬の旦那も喜んでいました」

「ああ。文吉を土壇場に追い込んだつもりが、こっちが土壇場に追い込まれちまったな……」

久蔵は苦く笑った。

「ところで秋山さま……」

「なんだい……」

「お奉行さまに日を限られた事、どなたにも仰らなかったのですか」

「いいや、香織には云ったよ……」

「香織さまに……」

「ああ……」

「そうですか、それで安心しました」

弥平次は何故か嬉しくなった。

久蔵は苦笑し、夜風に吹かれて酒を飲んだ。

# 第三話

# 美人局《つつもたせ》

一

霜月――十一月。

酉の日には、鷲《おおとり》神社で酉の市が開かれ、来年の運を掻き集めると云う縁起物の熊手が売られる。そして、三の酉まである年は火事が多いと伝えられている。

その夜、南町奉行所与力秋山久蔵は、柳橋の船宿『笹舟』で主の弥平次や女将のおまきと酒を楽しみ、老船頭伝八の漕《こ》ぐ屋根船で隅田川を下っていた。

久蔵は障子内に横になっていた。

「嫌なお方の親切よりも、好いたお方の無理がよい……」

初冬の隅田川には行き交う船も少なく、伝八の思い入れの過ぎた下手な都都逸《どどいつ》が聞こえていた。

伝八の屋根船は、新大橋を潜って三《み》ツ俣《また》を右に入り、永久橋から箱崎橋を抜けた。

「秋山さま、箱崎ですが、亀島橋で宜しいですかい」

「そうだな父っつあん。今夜は霊岸橋の船着場に着けて貰おうか……」

「えっ。霊岸橋じゃあ、岡崎町のお屋敷まではちょと遠いですぜ」

久蔵の屋敷は、八丁堀岡崎町の組屋敷街にある。そこに行くには、霊岸橋を潜って亀島川を真っ直ぐ進んだ処にある亀島橋の船着場で降りるのが一番近い。

「なあに、酔い醒ましにぶらぶら行くさ」

久蔵は伝八に心付けを渡し、霊岸橋の船着場を降りて亀島町川岸通りを南に進んだ。

東に霊岸島があり、江戸湊となる通りには潮騒が響き、潮の香りが漂っていた。

久蔵が亀島橋に差し掛かった時、暗がりを揺らして若い女が現われた。
十七、八歳の若い女は、久蔵に親しげに微笑み掛けた。
「遊びませんか、お侍さん……」

若い女の誘いには、緊張と恥ずかしさが含まれていた。

久蔵は苦笑した。

「夜鷹には見えねえな……」

夜鷹とは私娼の一種であり、街頭で客を引いて物陰に茣蓙《ござ》を敷いて売春をする女を称した。夜、暗い外で売春をする夜鷹には、厚化粧の大年増もおり、茣莚を持参していた。若い女は、厚化粧をしておらず、茣蓙も持ってはいなかった。

「私はお蝶《ちょう》。夜鷹なんかじゃありませんよ」

お蝶と名乗った若い女は、怒ったような口ぶりで否定した。

「お蝶か、いい名じゃあねえか……」

「そんなことより、遊ぶのかい、遊ばないのかい」

「いいぜ、遊んでも……」

「わあ、嬉しい……」

お蝶は久蔵の腕に縋りつき、身体をすり寄せた。

若い女の匂いが久蔵の鼻をくすぐった。

「じゃあ行きましょう」

お蝶は久蔵の腕を抱え、亀島橋を渡って霊岸島に行こうとした。

「待ちねえ」

男の怒声が、久蔵とお蝶の足を止めた。

若い遊び人と頬に刀傷のある浪人が暗がりから現われた。

「あっ、お前さん……」

お蝶は、慌てた様子で久蔵の腕から手を離した。下手な芝居だった。

「お侍、俺の女房をどうしようってんだい」

若い遊び人は着物の裾を摘んで緋色《ひいろ》の裏地を見せ、薄笑いを浮かべて久蔵の顔を覗き込んだ。

「どうするって、遊ぼうと誘われてな。これから遊びに行く処だ……」

久蔵は笑った。

「手前《てめえ》、他人《ひと》の女房と遊んで只で済むと思っているのか」

お蝶の亭主だと称する若い男は、久蔵に凄んで見せた。

「成る程、只では済まねえか……」

「ああ。無事に済まして欲しかったら金を出すんだな」

「金か、幾らだ」

「十両だ……」

「そいつはべら棒だ」

久蔵は笑った。

「手前……」

お蝶の亭主だと云う若い男は怒りを浮かべ、浪人は刀の柄《つか》を握った。

「美人局《つつもたせ》の内済金《ないさいきん》は五両二分が相場だと聞いているが、手も握らねえ内はそいつも高いぜ」

美人局とは、亭主や情夫が女房や情婦にわざと間男をさせ、その現場を押さえて〝内済金〟、つまり示談金を取る強請である。因みに五両二分の内済金は、〝姦通〟に対するものであるが、美人局にも使われていた。

「煩せえ、黙って金を出せ」

若い男は、久蔵の胸倉を鷲摑みにしようと手を伸ばした。

久蔵は無造作にその手を押さえた。刹那、若い男の顔色が変わった。

「な、何しやがる。さんぴん……」

〝さんぴん〟とは、給料が三両一人扶持の最下級の侍への蔑称である。

若い男は顔を苦しげにしかめ、懸命に久蔵の手から逃れようと身を捩《よじ》った。

「動くな。逃れようと下手に動くと、腕の骨が折れるぜ」

久蔵は、いつの間にか若い男の腕を捻りあげていた。若い男の顔は、激痛に歪んでいた。

「大丈夫かい、源太《げんた》」

お蝶の心配した声が飛んだ。

「ほう、お前は源太ってのかい……」

「う、煩せえ、放せ、手を放せってんだ」

源太が悲鳴のように叫んだ瞬間、頰に刀傷のある浪人が久蔵に斬り付けた。

刹那、久蔵は源太を突き飛ばし、浪人の刀を躱してその背を蹴飛ばした。

浪人は前のめりになり、たたらを踏んで亀島川に落ちた。夜空に悲鳴と水飛沫《みずしぶき》があがった。

源太はお蝶に助けられ、懸命に立ち上がっていた。

「お蝶と源太か……」

「だったらどうだってのさ」

お蝶は源太を庇《かば》い、恐ろしさを忘れようと必死に怒鳴った。

「その若さで他人を嘗《な》めた真似をすると、命取りになる。いい加減にするんだな……」

久蔵は苦笑し、お蝶と源太に背を向けて八丁堀組屋敷街に進んだ。

「美人局……」

香織は怪訝な眼差しで久蔵に茶を出した。

「ああ……」

「義兄上、美人局とは何ですか……」

「何でぇ香織、美人局を知らねえのか」

「はい」

「美人局ってのはな。男が女に間男させ、よくも俺の女に手を出したなって、金を脅し取る強請よ」

「まあ……」

香織は眼を丸くして驚いた。

「いい女でしたか、旦那さま」

与平が面白そうに訊いてきた。

「ああ、若くて良い女だったぜ。与平」

「そりゃあ勿体《もったい》ねえ……」

「お前さん、何を馬鹿な事、云ってんです」

お福が、ふくよかな身体を揺らして一喝した。

与平は痩せた身体を縮めた。

「それより旦那さま、そんな女に誘われるとは、武士としての油断があるからです。情けない」

「う、うん……」

久蔵は誤魔化すように茶を啜った。

「それで美人局の二人、捕まえたのですか」

「いや、厳しく叱って放免した」

「まあ……」

「お福、二人はまだまだ若くてな、大騒ぎをして前科《まえ》持ちにするのは可哀相になっちまってな」

「若いから尚更、厳しくしなければ、取り返しのつかない事になるんです。旦那さまはお優し過ぎるんです。何が剃刀久蔵ですか……」

お福の云う事にも一理ある。

「与平、部屋に酒を頼む……」

「へい。すぐに……」

久蔵と与平はそそくさと居間を出た。

「お福……」

香織は可笑《おか》しかった。久蔵と与平が、お福に子供のように叱られて尻尾を巻いたのが可笑しくてならなかった。

「お嬢さま、笑い事ではございません。もし、美人局でなかったらどうなります」

お福は苛立っていた。

「美人局でなかったらって……」

「もう。お嬢さま、亡くなった奥さまには申し訳ございませんが、そろそろ旦那さまの後添いを考えなければなりません」

「後添い……」

香織は初めて気がついた。久蔵の妻だった姉の雪乃が亡くなり、既に九年が過ぎているのを思い出した。香織は突き上げるような動悸に襲われ、思わず動揺せずにはいられなかった。


「ま、与平も飲みな……」

久蔵は与平に酒を勧めた。

「こいつはおそれいります……」

与平は嬉しげに懐から湯呑茶碗を出した。

「流石は与平。用意がいいな……」

「それはもう……」

久蔵は与平を相手に酒を飲み、お蝶と源太の行く末に想いを馳せた。


若い男の死体が、隅田川三ツ俣の中洲にあがった。

南町奉行所定町廻り同心神崎和馬は、永代橋脇の船番所に舟を出すように頼み、死体を新大橋の西の橋詰にあげて貰った。

若い男は拷問されたのか、全身に殴打の痕を残し腹を抉《えぐ》られていた。

「酷いな……」

和馬は思わず顔を背けた。

「ええ……」

弥平次は、若い男の死体に襤褸布《ぼろぬの》のように絡みついている着物を調べた。着物には身元の分かる手掛かりは何もなかった。

和馬と弥平次は、若い男の死体を日本橋川南茅場町にある大番屋に運んだ。

弥平次の手先を務める者たちが、幸吉の報せを受けて大番屋に集まっていた。

飴売りの直助、托鉢坊主の雲海坊、しゃぼん玉売りの由松が、若い男の死体の顔と風体《ふうてい》を確認した。

「皆、この仏が何処の誰か、急いで突き止めてくれ」

「親分、手掛かりは……」

直助が尋ねた。

「何もないが、俺の見た処、おそらく真っ当な者じゃあない……」

「って事は、遊び人か博奕打ちですか……」

由松が、同意を得るように弥平次たちを見廻した。

「のっぺりとした顔と派手な裏地の着物。女衒《ぜげん》か女のひもってのもあるな……」

雲海坊が濡れて絡んだ着物を広げ、緋色の裏地を見せた。

「よし、きっとその辺りだろう。心当たりを調べてくれ」

「承知しました……」

直助、雲海坊、由松が、大番屋の裏口から密かに江戸の町に散って行った。

「親分、こいつはおそらく殺されてから隅田川に投げ込まれたんだと思うが、その場所が何処かだな」

「はい。そいつは今、幸吉が調べています」

弥平次に抜かりはなかった。

和馬は南町奉行所に戻り、久蔵に身元不明の若い男の死体があがった事を報告した。

「どんな仏だい……」

「柳橋の親分や雲海坊たちの見た処では、半端な女衒か女のひもじゃあないかと……」

「女衒かひも……」

「ええ。派手な着物の裏地が、これ又派手な緋色でしてね」

「緋色の裏地……」

久蔵の記憶に、着物の緋色の裏地が鮮やかに蘇《よみがえ》った。

最近、何処かで見た……。

「仏、若い男なんだな」

「はい」

「よし……」

久蔵は和馬を従え、死体の置いてある南茅場町の大番屋に急いだ。

若い男の死体は、久蔵の予感した通り源太であった。

「美人局の源太……」

「五日ほど前、柳橋で酒を御馳走になった帰り、亀島橋で美人局に遭ってな。その時の男だ」

「秋山さまに美人局を仕掛けたのですか」

和馬が驚いた。

「ああ、着流しだったからな……」

「怖いもの知らずですねえ……」

弥平次が呆れた。

「で、和馬、親分。三ツ俣界隈、新大橋の広小路に若い女、眼の大きい十七、八の娘はいなかったかい」

「さあ、これといって気になる女はおりませんでしたが、その女が美人局の源太の相棒ですか」

「名前はお蝶だ」

「分かりました。すぐに探してみます」

「親分、探すって何処を探すんだ」

「和馬の旦那、蛇の道は蛇。類は友を呼ぶ、って奴ですよ」

弥平次は薄く笑った。

「成る程、同業者に訊くのが一番か……」

「そういうことです」

和馬と弥平次のやりとりを他所に、久蔵はお福の言葉を思い出していた。

「若いから尚更、厳しくしなければ、取り返しのつかない事になるんです……」

取り返しのつかない事……。

あの夜、捕まえて牢に入れて置けば、源太は死なずに済んだのかもしれない。

久蔵は微かに悔やんだ。


直助たち手先の探索は、久蔵の思わぬ情報によって美人局を働く者たちに絞られた。

久蔵に美人局を仕掛けた亀島橋を中心にし、北は浜町・小網町から南は築地・芝口。そして、東は霊岸島一帯。直助、雲海坊、由松たちは、源太とお蝶に関する情報を求めて歩き廻った。だが、情報はなかなか集まらなかった。

暮六つ。雲海坊は浜町の一膳飯屋に入り、安酒の一杯と浅蜊飯を頼んだ。

一膳飯屋の店内は、職人や人足たちが仕事の疲れを安酒で賑やかに癒していた。

雲海坊が浅蜊飯を食べ終わり、安酒の残りを啜っていた時、〝美人局〟と云う言葉が耳に入った。

「それで留の野郎、引っ掛かったのかい、美人局に……」

「ああ、貰ったばかりの給金、殆ど脅し取られちまったんだってよ」

「そいつは気の毒な話だね……」

雲海坊は、大工と畳屋の若い衆の話に加わった。

「で、その美人局、いつの話だい」

「昨夜の話よ」

「昨夜か……」

源太とお蝶の仕業ではなく、別の男と女のやった事だった。だが、その男と女は、源太とお蝶の事を知っているかもしれない。

「坊さん、美人局がどうかしたかい」

「う、うん。実は拙僧も一月ほど前、美人局に大切なお布施を脅し取られてな。何とか取り戻したいと願っておるのだ」

「それはそれは……」

大工と畳屋の若い衆は、坊主が美人局に遭った生臭さに気付かず同情した。

「それで、その美人局は何処に出たのかな」

雲海坊は美人局の出た場所を聞き出した。


小網町三丁目の外れ、箱崎橋の北詰が行徳河岸《ぎようとくがし》だった。行徳河岸は、下総行徳の塩や米醤油を定期的に運んで来る〝行徳船〟の出発地だった。

昨夜、美人局はその行徳河岸に現われた。

雲海坊はその美人局から源太とお蝶の情報を聞き出そうと思った。

夜の行徳河岸は、昼間の喧騒も消えて人通りは少なかった。

雲海坊は暗がりに潜み、美人局が現われるのを待った。だが、美人局の獲物となる男も滅多に通らなかった。

河岸には冷たい海風が吹き抜ける。

雲海坊は、物陰に身を縮めて張り込みを続けた。

亀島町川岸通りに人影はなかった。

久蔵は亀島橋の橋詰に立ち、夜の闇を透かして見た。だが、お蝶はおろか誰の姿も窺えなかった。

お蝶は亀島橋に現われる……。

久蔵はそう思い、亀島橋の傍に佇み続けた。

## 二

雲海坊はくしゃみを連発し、派手に鼻水を啜った。

「兄い、そいつは餌がなきゃあ無理だよ」

由松が笑った。

「だったら由松、お前が餌になれ」

「えっ、あっしがですか」

「ああ、お前は女好きの大店の若旦那にぴったりだ。今夜からやるぜ」

雲海坊と由松は、詳しく打ち合わせをして別れた。


戌の刻五つ。

行徳河岸は行き交う人も途切れ、海風だけが静かに吹き抜けていた。

由松は古着屋で買った若旦那らしい着物と羽織を纏い、鼻歌混じりにやって来た。

「旦那……」

暗がりから女の声が掛かった。

来た……。

由松は足を止め、声のした暗がりを透かし見た。暗がりから町方の女房らしき女が現われた。

「遊びませんか……」

「遊ぶ？　お前さんとかい」

「ええ。宜しければ……」

「ああ、いいとも、遊ぼうか……」

由松は遊びなれているかの如く、女を値踏みするような笑みを浮かべた。

「で、お前さん、何て名前だい」

「お美代《みよ》です」

薄化粧をしたお美代の顔には、荒《すさ》んだ暮らしの残滓《ざんし》が窺えた。

「お美代さんか、良い名前だね……」

由松は、馴れ馴れしくお美代の肩に手を廻した。

「小網町に俺の知っている宿がある。そこに行こうか……」

由松はそう囁き、お美代を促した。

「待ちねえ……」

闇から男の太い声があがった。

来やがった……。

由松はそう思いながら驚いて見せた。

闇の中から人相の悪い男が、似合わない派手な半纏《はんてん》姿で出て来た。

「何処の若旦那か知らねえが、他人の女房によくも手を出してくれたな」

お美代の亭主だと云う男は、由松に凄んで見せた。

「手を出すって、俺はまだ何も……」

由松はそう云い、お美代の手を強く握り締めた。

「そいつは良かったな。抱いちまったら内済金は五両二分が相場。金、あるだけ出して貰おうかい」

「放して……」

お美代が由松の手を振り解《ほど》こうとした。だが、由松はお美代の手を放さなかった。

「放してったら」

お美代は叫んだ。

「そうはいかねえんだな、これが……」

由松は正体を匂わせた。

「手前……」

お美代の亭主と云う男が、由松に摑みかからんばかりに怒鳴った。

「お前さん」

お美代が悲鳴のように叫び、由松が嘲笑を浮かべた。

お美代の亭主と云う男が、お美代の視線を追って振り返った。

途端に薄汚い坊主の衣が目の前一杯に広がり、錫杖の環の音と共に脳天に激痛を覚え、すべてが真っ白になった。

雲海坊と由松は、お美代と男を素早く縛って猿轡《さるぐつわ》をかまし、船着場で待っていた勇次の屋根船に担ぎ込んだ。

「まんまと引っ掛かったもんだ」

船宿『笹舟』の若い船頭の勇次が、いたく感心した。

「よし、やってくれ」

雲海坊が屋根船の障子を閉めた。

「合点だ」

勇次は屋根船を柳橋に向け、威勢良く漕ぎ出した。

雲海坊は由松との打ち合わせの後、弥平次に企てを告げて勇次の屋根船を出して貰って潜ませていたのだ。

勇次の操る屋根船は、隅田川をのぼって柳橋の『笹舟』の船着場に着いた。

弥平次は報せを受け、屋根船に乗り込んで来た。

屋根船の障子の内には、お美代と男が縛られていた。

「こいつらか、美人局は……」

「へい。女はお美代、野郎は紋次《もんじ》だそうです」

お美代の亭主だと云っていた男の名は紋次。既に気を取り戻していた紋次は、お美代の亭主ではなくひもだった。

「お美代に紋次かい……」

紋次とお美代が怯えた眼で頷いた。

「俺はお上の十手を預かっている者だ。これから訊く事に素直に答えて貰う。答えない時は、美人局じゃあ済まなくなる」

「済まなくなるって……」

紋次の顔に恐怖が溢れた。

「死罪以上の獄門にするよ」

姦通させて強請る美人局は、売春と脅迫罪で死罪以上の獄門にされるのだ。

「話します。知っている事は何でも話します。ですからお慈悲を……」

紋次は弥平次の情けに縋った。

「じゃあ訊くが、お前たちと同じに美人局をしていた源太って奴、知っているかい……」

紋次とお美代は、顔を見合わせた。

「知っているんだな」

「へい……」

「源太は三ツ俣に死体であがった。誰がどうして殺《や》ったのか話すんだな……」

「そ、そいつは……」

紋次は躊躇《ためら》った。

「話したらお前も殺されるか……」

弥平次は紋次の気持ちを読んだ。

「源太はお蝶を逃がしたから殺されたんだよ」

お美代が観念したのか、淡々と答えた。

「お蝶を逃がした……」

「ええ、だから元締に責められ、殺されて隅田川に棄てられたんだ」

「その元締、何処の誰だ……」

「止めろお美代、云ったらお前も殺される」

紋次が焦った。

「安心しろ。元締を源太殺しでお縄にする迄、お前たちは俺が護る。約束するよ」

「約束……」

「ああ、約束だ。元締は何処の誰だ」

「深川の錣屋五郎八《しころやごろはち》……」

「錣屋五郎八……」

弥平次は思わず緊張した。

　錣屋五郎八は深川の裏社会を支配していると噂される男だが、その正体は謎に包まれていた。

「それで、お蝶って女はどうした……」

「分からない……」

「って事は、錣屋五郎八に捕まってはいないんだな」

「ええ、今日の昼過ぎ迄は……」

「錣屋五郎八は何処の誰なんだい」

「分かりません……」

「家は何処だ」

「それも分かりません……」

「じゃあ、どうやって繋ぎを取るんだ」

「深川永代寺門前の蛤屋《はまぐりや》って茶店で……」

「その蛤屋に五郎八やお前たちも集まるのか」

「はい……」

「五郎八の元締は、俺たちが行ってからおみえになり、先にお帰りになる……」

「蛤屋を仕切っているのは誰だ」

「茂七《もしち》って父っつあんです……」

お美代と紋次の知っている事はそこ迄だった。

弥平次は雲海坊と勇次に命じ、お美代と紋次を安全な場所に送らせた。

鋏屋五郎八……。

「そいつが美人局や夜鷹の元締か……」

「はい。お美代と紋次、最初は二人で美人局をしていたそうですが、五郎八に脅されて組下《くみした》に入れられ、稼ぎの半分を上納させられているそうです」

「悪事に手を染めた弱味もあり、一度組下に入れられると抜けられねえかい」

「ええ……」

「で、源太はお蝶を逃がしたので殺されたってんだな」

久蔵は弥平次に確かめた。

「はい。お美代って女がそう申しております」

お蝶は裏組織から逃げ、源太がそれを助けて殺された。

お蝶は何故、裏組織から逃げたのだ。そして源太は何故、命を懸けてお蝶を逃がしたのだ……。

久蔵は思いを巡らせた。

「錣屋五郎八とは、思いがけない大物が出てきましたね」

「ああ。親分、とにかく錣屋五郎八の正体と逃げたお蝶の行方だぜ」

「はい。今夜から永代寺門前の蛤屋を見張り、錣屋五郎八の現われるのを待ちます」

「うむ。で、親分、紋次とお美代はどうした」

「懇意にして貰っている大店の空き蔵に匿《かくま》っておりますが、二人がいなくなると五郎八が警戒しますかね」

お蝶が逃げ、源太を殺し、そして紋次とお美代が姿を消したとなると、五郎八は警戒を厳しくし、ほとぼりが冷める迄、鳴りを潜めるかもしれない。弥平次はそれを心配した。

「それならそれで、五郎八の動きも賑やかになるだろうぜ……」

久蔵は不敵に笑った。

弥平次は、深川永代寺門前の茶店『蛤屋』を監視下に置いた。

永代寺は深川富岡八幡宮の別当であり、茶店『蛤屋』は裏手の油堀川の傍にあった。

和馬と幸吉が、『蛤屋』の斜向かいにある花屋の二階を借りて見張り場所にした。鋳掛屋の寅吉が、『蛤屋』の裏口を見通せる辻に店を開いた。そして、飴売りの直助としゃぼん玉売りの由松が一帯を歩き廻り、油堀川の船着場には勇次が猪牙舟を繋いでいた。

茶店『蛤屋』は、永代寺の横手にあるせいか、客は少なかった。主の茂七は、五十歳を過ぎた肥った男だった。

昼過ぎ、遊び人風の男が『蛤屋』に急ぎ足でやって来た。遊び人は常連なのか、案内も乞わずに奥に入って行った。

「旦那……」

幸吉は緊張した。

「ひょっとしたら、五郎八の繋ぎかも知れないな」

「ええ、紋次とお美代が姿を消して、随分経ちましたから、そろそろ騒ぎになり始めたのかもしれません」

「うん……」

「出て来たら後を追ってみますよ」

幸吉が階段を下りていった。

茂七は眉をひそめた。

「紋次の野郎、何処にもいねえのか」

「へい。お美代も……」

「野郎……」

「小頭《こがしら》、お蝶が見つからねえ内に紋次とお美代です。元締、偉え御立腹ですぜ」

「そりゃあそうだろう。で、松吉《まつきち》、お蝶の行方、皆目摑めねえのか」

「へい。権藤《ごんどう》さんたちが探し廻ってんですが、まだ……」

松吉と呼ばれた遊び人は、錣屋五郎八の手下なのだ。

「松吉、紋次やお美代が、身を隠すような親類や知り合い、調べたかい」

「お美代の実家は川越、紋次は孤児あがり、江戸に隠れるような親類はねえと思いますが」

「となると……」

「小頭、源太の野郎から足がつき、役人が動き始めたんじゃありませんかね」

「だとしたら、この店も危ねえな……」

「へい」

「その辺の事、元締は何と仰っているんだ」

「まだ何も、とにかく紋次とお美代を探し出せと……」

「よし、紋次とお美代が来たら、すぐに報せるぜ」

「お願いします。じゃあ、あっしはこれで御免なすって……」

松吉は店先に出て左右を見た。右側の通りにも左側にも参詣客が往来し、子供相手の飴売りやしゃぼん玉売りがいるぐらいだった。

松吉は辺りを窺い、素早く『蛤屋』から出て左側に行った。茂七は店を出て松吉を見送った。そして、松吉の後を追う者がいるかいないか確かめた。松吉が通り過ぎた後、しゃぼん玉売りの売り声が響いた。

「玉や、玉や、しゃぼん玉や……」

しゃぼん玉売りの由松の声が聞こえた。

「左か……」

幸吉は路地を左に走り、入口に身を潜めて往来を窺った。

幸吉は『蛤屋』の茂七たちの警戒を読み、飴売りの直助としゃぼん玉売りの由松に左右を見張らせ、その行き先を売り声で教えさせたのだ。

辻を曲がって松吉が現われた。

幸吉は路地に身を潜めてやり過ごし、尾行を開始した。

松吉は参拝客で賑わう門前通りを足早に抜け、三十三間堂入船町を左に曲がり、小橋を渡って仙台堀に出た。

錣屋五郎八は、『蛤屋』の近くにいる……。

幸吉は弥平次の言葉を思い出し、緊張をみなぎらせて尾行を続けた。

松吉は仙台堀に架かる亀久橋を渡り、掘割沿いを隅田川に向かった。そして、掘割に面した百獣屋《ももんじや》に入り、酒と山鯨と呼ばれている猪肉の鍋を頼んだ。

百獣屋は、『御存知・山くじら』などと書いた看板を掲げて猪や鹿の肉を食べさせる店だった。

店の奥では、小柄な年寄りが切れ味の良い小刀一つで鹿を解体していた。店の主なのか、見事な手際だった。

松吉は奥まった席で酒を飲み、猪鍋を食べて店を出た。

幸吉は出来るだけの間を取り、松吉を追った。

参詣客の消えた門前町は、海からの冷たい夜風が吹き抜けていた。

夜鳴蕎麦屋の長八が、寅吉に代わって屋台を開いて半刻が過ぎていた。

『蛤屋』は既に大戸を降ろし、店を閉めていた。茂七が出掛けた気配はなかった。

花屋の二階に弥平次が訪れて和馬と打ち合わせをしていた時、幸吉が戻ってきた。

「どうだった」

「へい。野郎の名前は松吉、あれから仙台堀の百獣屋で牡丹鍋を食べ、本所や両国の盛り場を廻って土地の手下たちとお美代と紋次を探し、さっき洲崎《すざき》の女郎屋にあがりました。今夜はもう動かないでしょう」

「いい調子だぜ……」

「幸吉、松吉が逢った連中の中に錣屋五郎八はいなかったんだな」

「へい。らしい者は一人もおりませんでした。それで、こっちはどうでした」

「時々、参拝客が茶を飲みに立ち寄ったぐらいで、別におかしな事はなかったぜ」

「そうですか……」

「じゃあ和馬の旦那、あっしが交代します。帰って休んでください」

「大丈夫だよ、親分。年寄りの親分を残して帰ったら、秋山さまにどやしつけられるのが落ちだ。俺はちょいと隣で横になるよ。それより幸吉、直助と由松を呼んで休ませてやるんだな」

「親分……」

「幸吉、和馬の旦那の云う通りにしな」

「合点だ……」

幸吉が階段を駆け下りていった。

「さあて、花屋の父っつあんと婆さんに熱燗の二、三本頼んでくるか……」

和馬は階段を降りて行った。

良い同心の旦那になってきた……。

弥平次は和馬の成長を喜んだ。

火鉢に掛けられた鉄瓶が音を鳴らし、湯気をあげた。


亀島町川岸通りは、江戸湊の潮騒に包まれていた。

久蔵は半刻ごとに亀島橋を通っていた。

お蝶は現われる……。

何故か久蔵は、お蝶が江戸から逃げたとは思えなかった。亀島橋に再び現われると思えてならなかった。

亥《い》の刻四つ。

久蔵は出掛けようとした。三度目の外出だった。

「義兄上……」

香織が見送りに現われた。

「香織、休んでいていいぞ」

「はい。お蝶さん、現われるといいですね」

「ああ……」

「お気をつけて……」

屋敷を出た久蔵は、北に迂回して亀島町川岸通りに出た。そして、亀島橋に向かって進んだ。

吹き抜ける冷たい潮風が僅かに揺れた。

お蝶だ……。

久蔵は亀島橋の手前に立ち止まった。

「誰だい……」

橋詰の暗がりから女が現われた。

お蝶だった。

「おっ、お前、確か美人局の……」

久蔵は惚けた。

「お蝶だよ」

お蝶は震えていた。

激しく緊張している……。

久蔵は微かに笑った。

「で、そのお蝶が何の用だい……」

お蝶は懐から財布を取り出し、久蔵に差し出した。

「二十三両入っています。これで私の用心棒になって……」

用心棒……。

意外な申し出だった。

久蔵は微かに狼狽した。

「……俺が、お蝶の用心棒になるのかい」

「ああ、二十三両あげるよ」

「美人局で稼いだ金かい」

「そうだよ。命懸けで稼いだお金だよ」

お蝶の声は緊張に掠れていた。

「俺を用心棒にして何をする気だ」

「用心棒になるのかならないのか、どっちなんだい」

お蝶は、久蔵が南町奉行所与力だとは知らない。浪人に毛が生えた程度の侍ぐらいにしか思っていないのだ。

「お金が足りないなら、身体で払ってもいいんだよ」

「……それには及ばねえ」

久蔵は、お蝶の用心棒を引き受けた。

海風が冷たく吹き抜けた。

三

夜が明けた。

久蔵は帰らなかった。

お蝶さんが現われたのだ……。

香織はそう思った。

与平が屋敷の雨戸を開け始めた。

「お嬢さま……」

与平が障子の外からうろたえた声を掛けてきた。

「与平、騒いではなりませぬ。お福を呼んできて下さい」

「へ、へい……」

与平は香織の厳しい声に驚き、お福を呼びに走った。

騒いではならない……。

香織の部屋に与平とお福が並んで座った。

「与平、お福。義兄上はお役目で昨夜、お出掛けになりました」

「お帰りは……」

お福が心配げに香織を見た。

「分かりません……」

「お嬢さま……」

「お福、義兄上の事です。心配は無用です」

「そりゃあ、旦那さまのことですから……」

「与平、これから蛭子さまのお屋敷に参ります。供をして下さい」

「へい」

南町奉行所臨時廻り同心蛭子市兵衛は、煩く戸を叩く音に眼を覚ました。

「誰だ……」

寝起きの市兵衛は、普段とは別人のように機嫌が悪い。薄汚れた蒲団にくるまったまま怒鳴った。

「秋山家の与平にございます」

雨戸の外から与平の声がした。

秋山さまの急な呼び出しなのだ。

「分かった。秋山さまにすぐお屋敷に伺うとお伝えしてくれ」

「蛭子さま、朝早く申し訳ございませぬ。義兄の用ではなく、私がお逢いしたいのでございます」

香織の声がした。

「香織さま……」

市兵衛は驚き、慌てて蒲団から跳ね起きた。

「暫時《ざんじ》、暫時お待ちを……」

市兵衛は薄汚い蒲団を次の間に放り込み、よれよれの寝巻きを急いで着替えた。

香織は事の次第を市兵衛に話した。

「秋山さまが……」

「はい。きっとお蝶さんって方と逢ったのだと思います……」

「香織さまの仰る通りでしょう。分かりました。奉行所には私が届けておきます」

「はい」

「それから、柳橋の親分と和馬にも報せておきましょう」

「お願い致します」

「それにしても秋山さま、そのお蝶と何処に行ったのか……」

「義兄の事ですから、事件の探索に違いないと思うのですが……」

「香織さま、お蝶、秋山さまが町奉行所の与力とは知らないのですね」

「きっと……」

香織にうろたえた様子は窺えず、落ち着いていた。

「蛭子さま、義兄を宜しくお願いします」

香織は市兵衛に深々と頭を下げた。

「は、はい。云われる迄もなく……」

市兵衛は慌てて頭を下げた。

香織は久蔵の義理の妹でありながら、秋山家を取り仕切っている……。

市兵衛はそう思った。

市兵衛が南町奉行所から柳橋の船宿『笹舟』を訪れた時、弥平次は深川から戻ったばかりだった。

「秋山さまが……」

「ああ。香織さまは、お蝶と出逢い、一緒にいるのだろうと仰っている」

「香織さまが……」

「親分、秋山家はもう香織さまがいなきゃあ治まらなくなっているよ」

「蛭子さま、そいつは遅かれ早かれですよ」

「違いない……」

市兵衛と弥平次は薄く笑った。二人の笑いには、安堵が秘められていた。

「ところで親分、源太殺し、どうなっている」

「蛭子の旦那……」

「万が一の時、若い和馬に責めを取らせる訳にはいかないからね。及ばずながら手伝わせて貰うよ」

「和馬の旦那も喜ぶでしょう……」

弥平次は、今までの探索の経過を市兵衛に詳しく話した。


久蔵とお蝶は、小舟町《こぶなちよう》二丁目の裏長屋にいた。

小舟町二丁目は、日本橋の米河岸と堀を挟んだ向かい側になる。路地を入った処にある裏長屋は、取り壊しを待つだけの崩れ掛かった建物であり、住人たちは既に立ち退いて誰もいなかった。

昨夜、お蝶はその長屋の一番奥の家に久蔵を連れて来た。

お蝶は小さな明かりを灯し、小さな手あぶりに火を熾した。だが、冷たい隙間風が吹き抜ける古長屋は暖まりはしなかった。

お蝶は手あぶりで沸かした湯を欠け茶碗に注ぎ、久蔵に差し出した。そして、自分も白湯《さゆ》を満たした欠け茶碗を両手に持ち、息を吹き掛けた。温かい湯気が、お蝶の顔に立ち昇った。

「温かい……」

お蝶は白湯を飲み、ようやく全身の緊張を解いた。

「お侍さん、何て名前だい」

「俺か、俺は秋山……」

「秋山……」

お蝶は僅かにうろたえた。

「どうした」

「秋山、何て云うんだい……」

お蝶は、久蔵に緊張した眼差しを向けた。

「……半蔵、秋山半蔵だ」

「秋山半蔵……」

「ああ……」

「良かった」

お蝶の緊張が消えた。

「何が良かったのだ」

「南町奉行所に〝鬼〟とか〝剃刀〟とか云われる恐ろしい与力がいてさ。そいつの名前が秋山久蔵なんだよ。それで秋山と聞いて、もうびっくりしちゃった。名前が半蔵で本当に良かった」

お蝶は久蔵の名を知っていた。だが、名を知っているだけで、久蔵の顔を知っている訳ではなかった。

久蔵は、咄嗟に名を〝半蔵〟と偽った事を苦笑した。

「そんなに恐ろしい奴なのか、秋山久蔵は」

「ああ、拷問が好きで、すぐに人を斬る血も涙もない奴だそうだよ」

「そいつは酷いな。で、お蝶、俺を用心棒に雇ってどうするんだい」

「秋山の旦那、この前、私と一緒にいた源太を覚えているかい」

「ああ……」

「その源太が殺されちまったんだよ」

「誰にだ……」

「錣屋五郎八って美人局の元締の手下どもに殺されたんだ」

「どうして殺されたのだ」

「私のせいで、私のせいなんだ……」

「お蝶のせい……」

「旦那、私と源太、親に棄てられた孤児同士でさ。四ッ谷の尼寺で育てられたんだよ。そして大きくなって尼寺を飛び出し、いろんな事をして暮らしたよ。でも、一緒に暮らしていた子が病に罹《かか》り、薬代が入り用になったんだ。だから源太と……」

「美人局をしたのか……」

「仕方がなかったんだよ」

「で、病の子はどうした……」

「死んじまった」

「気の毒に……」

「美人局、本当はそれでお仕舞いだったんだよ。それなのに錣屋五郎八の手下が、組下にならなきゃあ殺すって……」

「それで仕方がなく組下になったのか」

「うん。でも私、一刻も早く足を洗いたかった。そして、旦那に逢って尚更……」

「足を洗いたくなったか……」

「他人を嘗めた真似をすると命取りになる……」

お蝶は久蔵に云われた言葉を呟《つぶや》いた。

「私、源太に足を洗って江戸から逃げようって、誘った……」

「元締たちが黙ってはいないだろう」

「ああ、旦那が川に蹴落とした浪人の権藤が元締に報せやがって……」

「追手が掛けられたか……」

「ええ。だから源太、私を逃がして……」

「捕まって殺された……」

「私のせいなんだ。私が足を洗って真っ当に暮らそうと誘ったからなんだ……」

お蝶の眼に涙が溢れた。

「仇を討つ気か……」

お蝶は深く頷いた。

「錣屋五郎八と手下どもを殺してやる……」

涙が零《こぼ》れた。

「その為の用心棒か」

「ああ、私が五郎八どもを殺す迄、用心棒として護って欲しいんだよ」

「分かった。必ず護ってやる。で、錣屋五郎八は何処にいるのだ」

「分からない……」

「だったら、どうやって……」

「深川永代寺門前にある茶店の茂七って親父が小頭でさ。その茂七に錣屋五郎八の居場所を白状させるんだ」

「成る程、そいつは上手い手だ……」

「旦那もそう思うかい」

「ああ。だが、五郎八や茂七も間抜けじゃあねえ。辺りを手下に密かに見張らせ、お前が来るのを待ち構えているかも知れねえ……」

「そんな……」

お蝶はうろたえた。

「どうしよう……」

そして、焦りを浮かべた。

「よし、先ずは俺が様子を見て来よう」

「旦那が……」

「うむ。茶店に押し込むかどうかは、それを見定めてからだ」

「分かったよ。旦那……」

永代寺門前の茶店『蛤屋』は、既に監視下に置いてある。和馬や幸吉たちが、今夜も見張っているのだ。

お蝶に続いてのお美代と紋次の失踪は、錣屋五郎八一味を警戒させ、子分や組下の者に下手な動きはさせない筈だ。

膠着《こうちやく》状態を抜け出すには、お蝶と一緒に五郎八たちを揺さぶるのも悪くはない……。

久蔵は、錣屋五郎八と茂七を源太殺しの下手人として捕らえるより、お蝶に仇を討たせてやりたい思いに駆られていた。


深川永代寺裏を流れる油堀川沿いの家並みには、托鉢坊主が下手な経を読んで歩いていた。

破れた饅頭笠《まんじゆうがさ》に薄汚れた衣の托鉢坊主は、茶店『蛤屋』の動きを警戒する雲海坊だった。

着流しの侍が、油堀川に架かる千鳥橋を渡って来た。

雲海坊の下手な経が戸惑いを見せた。

着流しの侍は久蔵だった。

久蔵の行動を弥平次に聞いていた雲海坊は、経を読む声を張り上げた。

久蔵が雲海坊をちらりと一瞥し、永代寺に向かって行った。

秋山さまの行き先は『蛤屋』……。

雲海坊は裏通りを『蛤屋』に急いだ。


「和馬の旦那……」

花屋の二階から『蛤屋』を見張っていた幸吉が、寝ていた和馬を呼んだ。

「どうした……」

和馬は眠たげな声をあげた。

「秋山さまです……」

「なんだと……」

和馬は慌てて幸吉のいる窓を覗いた。

窓の下に見える往来を久蔵がやって来た。

久蔵は『蛤屋』の前に立ち止まり、辺りを見廻して花屋の二階を一瞥した。

和馬と幸吉も、久蔵の動きは弥平次に聞いていた。

「何をする気だ、秋山さま……」

和馬と幸吉は、声を潜めて久蔵の行動を見守った。

久蔵は、『蛤屋』の縁台に腰掛けた。

「おいでなさいまし……」

主の茂七が店の奥から出て来た。

「父っつあん、茶を貰おうか……」

「へい。只今……」

茂七は返事をし、店の奥に入って行った。

往来には、永代寺や富岡八幡宮の参拝客が行き交っていた。

久蔵は、斜向かいの花屋の二階に幸吉と和馬の姿を認めていた。

「玉や、玉や、しゃぼん玉……」

しゃぼん玉売りの由松や飴売りの直助の声が何処かから長閑に聞こえ、裏手から鍋の底を叩く音が響いていた。鋳掛屋の寅吉だ。監視は万全だった。

錣屋五郎八の手下の姿は見えない……。

久蔵はそう見極めた。

「お待たせ致しました……」

茂七が茶を持って来た。

「おう……」

久蔵は茶を手に取った。

「いい天気だな……」

「左様にございますねえ……」

茂七は眩しげに空を見上げた。

久蔵は茶を啜り、いきなり斬り込んだ。

「茂七、源太を殺したのはお前たちだと、お蝶が言っているぜ……」

茂七の顔色が一変した。

「……お侍……」

「殺したんだな……」

久蔵は冷たい笑みを浮かべた。

「何のことですか……」

茂七の目が血走った。

「惚けたって無駄だぜ。お前の眼が、そいつを認めている」

「お侍さん、何の事やら、あっしには分かりませんが……」

「惚けるならそれでもいい。だが、お蝶は錣屋五郎八やお前たちを許しはしねえよ」

「お侍さん、お蝶の……」

「用心棒だよ」

「用心棒……」

「ああ、お前たちがお蝶に手出しをすりゃあ、容赦なく叩き斬ってやる。そう、錣屋五郎八に伝えておきな。じゃあな……」

久蔵は金を払い、『蛤屋』を出た。

茂七は凍てついたように立ち尽くし、去っていく久蔵を見送った。

茂七の動きは、和馬と幸吉たちが突き止めてくれる……。

久蔵は何気なく花屋の二階を一瞥し、隅田川に向かった。


「和馬の旦那……」

幸吉は、久蔵と繋ぎを取るよう和馬に勧めた。

「幸吉、秋山さまは茂七が動くように突《つっ》いたんだ。下手に動くより、茂七を見張っているべきだろう」

「成る程……」

幸吉は和馬の考えに頷き、茂七の見張りに集中した。

やがて、茂七は縁台など店先を片付け、大戸を降ろした。

「茂七の野郎、出掛けますぜ」

「ああ、秋山さまの狙い通りだ……」

久蔵の狙いは当たった。

幸吉は和馬を残し、花屋の階段を降りた。


久蔵が油堀川に架かる千鳥橋を渡り、仙台堀に向かった。そして、仙台堀に突き当たり、左手に曲がると雲海坊がいた。

「御苦労だな……」

久蔵が微笑んだ。

「お蝶って娘と一緒ですか……」

「ああ、誰に聞いた……」

「香織さまが、蛭子の旦那に……」

香織が蛭子市兵衛に報せ、弥平次や和馬に伝えられたのだ。

流石に香織だ……。

久蔵は苦笑した。

「茂七の動き、小舟町二丁目にある取り壊し寸前の裏長屋に報せてくれ」

「承知……」

「それから、俺は秋山半蔵だよ……」

久蔵はそう云い残し、仙台堀沿いに隅田川に向かって進んでいった。

雲海坊は久蔵を尾行する者がいないのを見定め、『蛤屋』に取って返した。

茂七は動いた。

『蛤屋』の裏口から出掛けた。

鋳掛屋の寅吉が、鍋の底を叩いた。甲高い音が三度響いた。

幸吉、由松、そして飴売りの直助が、それを合図に一斉に茂七の尾行を開始した。

# 四

茂七は辺りを警戒しながら、仙台堀沿い東平野町にある百獣屋に入った。

尾行してきた幸吉、直助、由松が、物陰に潜んで茂七を見張った。

松吉の野郎が飯を食った店だ……。

幸吉は店内を窺った。

客は少なく、茂七は奥まった席に座り、板場で猪を解体している小柄な年寄りに酒と鹿鍋を頼んでいた。

小柄な年寄りは、茂七を無愛想に一瞥して返事をした。

「父っつあん、松吉を見なかったかい」

「今日は見ていねえ……」

「そうか……」

茂七は松吉を探している……。

幸吉たちは、茂七の監視を続けた。

茂七は鹿鍋を食べ終わり、金を払って百獣屋を足早に出た。幸吉たちが再び尾行を始めた。

百獣屋の女中が、茂七がいた席の空になった鍋や銚子を片付け、板場に運んだ。

「旦那さん、今のお客さん、これを忘れていきましたよ」

女中は、空になった鍋の下にあった結び文を小柄な年寄りに差し出した。

小柄な年寄りは、結び文を受け取って懐に入れた。そして、猪を解体していた小刀を大きな俎板《まないた》に投げ付け、奥に入っていった。小刀は鋭く俎板に突き刺さり、小刻みに胴震いをしていた。


茂七は本所で松吉を見つけ、何事かを打ち合わせた。そして、両国に廻り、手下たちに何事かを命じて『蛤屋』に戻った。

幸吉、直助、由松は、再び監視態勢に入った。

「茂七の奴、錣屋五郎八とは逢わなかったのか……」

和馬は落胆した。

「百獣屋で鹿鍋を食べ、本所・両国で松吉たち手下に何事かを命令して帰って来ましたよ」

「そうか、秋山さまの狙い通りには行かなかったか……」

「ええ……」

「じゃあ、あっしは秋山さまにこの事を報せて来ます」

雲海坊が腰をあげた。

「ああ、頼む……」

「御免なすって……」

雲海坊は、花屋の二階から降りて行った。

「百獣屋か……」

「へい。何か……」

「幸吉、食った事あるか、猪や鹿の肉」

「ありませんよ。獣の肉なんて……」

幸吉は気味悪げに眉をひそめた。

「じゃあ、今度の一件が落着したら食いに行ってみねえか」

「冗談じゃありませんよ」

幸吉は和馬の誘いを一蹴した。

永代橋を渡った雲海坊は、日本橋川沿いに小網町を北に進んだ。そして、思案橋を渡って小舟町に入った。

雲海坊は、取り壊しの近付いた古長屋を探した。古長屋を見つけるのに造作はなかった。

雲海坊は古長屋の木戸口に佇み、下手な経を読んだ。

一軒の家から久蔵が現われた。


お蝶の雲海坊を見る眼は、疑いに満ち溢れていた。

「心配するなお蝶、こいつは俺の遊び仲間の雲海坊だ」

「贋坊主かい」

「餓鬼の頃までは、本物だったがな……」

雲海坊は笑った。

「で、どうだったい……」

「それが、茂七の奴、本所や両国にいる手下たちと繋ぎを取っただけで、錣屋五郎八の処には行かなかったそうですぜ」

「敵も一筋縄じゃあいかねえか……」

「ええ……」

「お蝶、錣屋五郎八の顔はお前も見た事がないのだな」

「ああ、いつも茂七や松吉が間に立っていたからね」

「こうなりゃあ、奥の手を使うしかねえか」

「奥の手ですか……」

「なんだい、奥の手って……」

「お蝶、お前を餌にして錣屋五郎八を誘《おび》き出すのさ」

「私が餌……」

「ああ、お蝶を十両で売ってやるから、出て来いとな……」

「でも、私が餌で元締、出て来るかな」

「その時は、茂七を痛めつけて錣屋五郎八の正体、白状させるさ」

久蔵は不敵に言い放った。

「やりますか……」

雲海坊が楽しそうに笑った。

「ああ。じゃあお蝶、俺と本所・両国をひと回りして美味い物でも食べて来ようぜ」

久蔵はお蝶を促した。

日が暮れたばかりの両国広小路は、冬の初めにも拘らず賑わっていた。

久蔵とお蝶は、賑わいの中を両国橋に進み、本所に向かった。

松吉と頬に刀傷のある浪人・権藤が、緊張した面持ちで二人の後を追っていた。

は、久蔵と一緒に現われたお蝶に驚き、慌てて二人の監視を始めた。

久蔵とお蝶松吉と権藤たちの尾行に構わず本所に入った。

本所にいた錣屋一味の者たちは、色めきたった。その中の一人が、深川の茶屋『蛤屋』に走った。

久蔵がいきなり振り返った。

錣屋の手下たちが、慌てて物陰に隠れた。

「お蝶、お前は大した人気者だぜ」

久蔵は苦笑した。

「旦那、後をつけてくる奴ら、段々増えてくるよ」

お蝶は微かな怯えを見せた。

「心配するな、お蝶。お前にちょっかい出したら、俺がすぐ叩き斬ってやるぜ」

『蛤屋』の茂七は、手下の報せを受けて本所に急いだ。雲海坊と幸吉、和馬と由松が、茂七たちを追った。そして、蛭子市兵衛と直助が『蛤屋』に忍び込んだ。

『蛤屋』の中は暗く、直助は用意して来た火種で明かりを灯した。市兵衛と直助は、錣屋五郎八の正体を示す手掛かりを求め、家捜しを始めた。だが、錣屋五郎八の正体と居場所を示す手掛かりは何もなかった。

久蔵はお蝶を料理屋に伴い、酒と料理を楽しんだ。

料理屋の周囲には、松吉や権藤たち手下が潜んでいた。

「お蝶、用心棒の侍と一緒か……」

深川から駆け付けて来た茂七が、松吉に尋ねた。

「ええ、これみよがしに歩き廻っていやがる」

「小頭、あの侍、お蝶と源太の野郎が、美人局を仕掛けて失敗した相手だ」

権藤は、久蔵に亀島川に叩き込まれたのを思い出したのか、悔しげに吐き棄てた。

「どうします……」

「お蝶の居場所を突き止めろ。どうするかは、元締がお決めになる」

「へい……」

松吉と権藤は、物陰に潜んでいる手下たちに手早く指示を出した。

和馬、幸吉、雲海坊、由松は、茂七や松吉たちの動きを見守った。

久蔵たちに何かあった時は、すぐに飛び出す……。

和馬と幸吉たちは、緊張した面持ちで身を潜めていた。

久蔵とお蝶は料理屋を出た。

茂七たちが襲うならこれからだ……。

和馬と幸吉たちは、寒さも忘れて茂七たちの動きに集中した。

茂七たちは、久蔵とお蝶を追った。

久蔵とお蝶は、両国橋を渡って小舟町への夜道を急いだ。

「幸吉、茂七たちは秋山さまたちの居場所を突き止めて襲うつもりだな」

「ええ……」

「和馬の旦那、幸吉の兄い……」

由松が駆け寄って来た。

「どうした」

「雲海の兄いが、小舟町の古長屋に先廻りしました」

「よし……」

和馬たちは、茂七たちを追った。


住人のいない古長屋は、冷たい静寂の中に沈んでいた。

久蔵とお蝶は、古長屋の奥の家に入った。

暗い家の中に人の気配がした。

「雲海坊か……」

久蔵が誰何《すいか》した。

「へい……」

雲海坊が返事をし、明かりを灯した。

明かりの中に雲海坊の笑顔が浮かんだ。

「付け馬、大勢ついて来ましたよ」

「ああ。お蝶、奴らがいつ襲ってくるか分かりゃあしねえ。お前は雲海坊と安全な場所に行っていな」

「秋山の旦那、私は源太の仇を討つんだ。逃げてたまるか」

「心配するな、お蝶。源太の仇は必ず討たせてやる。此処は大人しく云うとおりにするんだ。いいな」

「分かった。約束だよ」

「ああ……」

「こっちだ……」

雲海坊が、隣の家との仕切り壁に開いている穴に入れと促した。

「古長屋は都合がいいもんだな」

久蔵は笑った。

雲海坊は仕切り壁の穴を潜り、茂七たちの警戒していない隣家からお蝶を逃がすつもりなのだ。

「じゃあ秋山の旦那……」

「ああ、安心していきな」

お蝶と雲海坊は、仕切り壁の穴に姿を消した。

雲海坊は隣家の狭い庭を抜け、背中合わせに並んでいる土蔵の隙間から掘割に抜けた。お蝶は闇の中を懸命に続いた。久蔵は明かりを消し、戸口の傍に陣取って襲撃を待ち構えた。

茂七は古長屋の木戸口と裏手を固め、松吉を元締の綴屋五郎八の元に走らせた。

「和馬の旦那、松吉の野郎の行き先、きっと綴屋五郎八の処です。追ってみます」

幸吉が素早く松吉を追い、夜の闇に走り去った。

和馬と由松は暗い物陰に潜み、茂七たちの動きを見張った。

雲海坊とお蝶は、両国広小路に続く路地の暗がりに潜んでいた。

後を追って来る者はいなく、行く手の広小路にも不審な人影は見えなかった。

雲海坊は慎重に行動した。今此処で、綴屋五郎八にお蝶を奪われたら元も子もない。

「何処に行くのさ」

「安心しな、秋山の旦那が懇意にしている船宿だ」

「船宿……」

「ああ。よし、行くぜ……」

雲海坊は、お蝶を連れて両国広小路を突っ切った。

松吉は隅田川に架かる永代橋を駆け抜け、深川に張り巡らされている掘割を次々と渡った。

幸吉は暗がり伝いに追跡をした。

松吉の行き先は何処だ。茶店『蛤屋』の茂七は小舟町に出張っている。他に行く処となると……。

幸吉は松吉の行き先を懸命に読んだ。

やはり錣屋五郎八の処だ……。

松吉は錣屋五郎八に報せに行くのだ。そして、幸吉はようやく気付いた。

百獣屋……。

元締の錣屋五郎八は百獣屋にいるのだ。

幸吉は、見事な手際で獣を解体する小柄な年寄りを思い出した。

あの爺……。

幸吉は確信した。

松吉は油堀川沿いの道に入った。行く手に夜鳴蕎麦屋が屋台を開いていた。長八だった。

長八は屋台の陰に佇み、足早に通り過ぎていく松吉を見送った。

「長八っつぁん……」

追って幸吉が現われた。

「今の野郎を追っているのか……」

「ああ、錣屋五郎八はこの先の百獣屋にいる筈だ。蛭子の旦那と直助さんに報せてくれ」

「合点だ」

幸吉は松吉を追い、長八は『蛤屋』の斜向かいにある花屋に走った。

幸吉の睨み通り、松吉は仙台堀沿い東平野町の百獣屋の裏手に消えた。

やっぱりあの親父なのだ……。

幸吉は忌々しげに吐き棄てた。

錣屋五郎八は、小柄な身体を怒りに震わせた。

「お蝶の奴、嘗めた真似をしやがって……」

百獣屋の年老いた旦那こそが、元締の錣屋五郎八だった。

「で、松吉、お蝶と用心棒のさんぴんの隠れ家、突き止めたんだな」

「へい。小舟町の取り壊しになる古い長屋に潜り込んでいました」

「そうか……」

「で、茂七の兄貴たちが見張っておりますが、如何致しますかい」

「……見張りを残して引き上げろ」

五郎八の眼が、針のように細く光った。

「元締……」

松吉は驚いた。

ようやくお蝶を見つけたのだ。見逃がす手はない。松吉は怪訝な目を五郎八に向けた。

「松吉、こいつは俺を誘い出す罠かもしれねえよ」

「罠……」

松吉は緊張した。

「ああ。松吉、お前、尾行《つけ》られなかっただろうな」

松吉は僅かに動揺した。五郎八に一刻も早く報せたい一念で、尾行には無警戒だった自分に気が付いた。

「大丈夫です……」

松吉はそう答えるしかなかった。

「本当だろうな……」

五郎八の探る眼差しに凄味が滲んだ。

「へい……」

「よし。じゃあ、さっさと戻って引き上げさせろ……」

「へい。御免なすって……」

松吉は腰をあげた。その時、思わず足がふらついた。松吉は必死にふらつきを抑えた。


蛭子市兵衛が、直助と長八を従えて百獣屋にやって来た。

「此処に鐚屋五郎八がいるのかい……」

「へい。おそらく間違いありません」

幸吉が頷いた時、裏口の戸が開いた。

市兵衛と幸吉たちは、素早く身を潜めた。

松吉は来た時とは違い、辺りを充分に警戒して仙台堀沿いの道を隅田川に向かった。

「どうします」

「奴は小舟町に戻るんだろう。幸吉、追ってくれ。錣屋五郎八は俺たちが見張る」

市兵衛が落ち着いて指示をした。

「分かりました」

「気をつけていくんだよ」

「行き先が分かっていますんで、先廻りをしながら追って行きます。ご安心を……」

幸吉は松吉を追い、夜の闇に走り去って行った。

「長八、夜鳴蕎麦屋の屋台を片付けておいで」

「へい」

「それから、勇次に猪牙舟を廻すように伝えてくれ」

「心得ました……」

長八は市兵衛の指示に頷き、『蛤屋』の裏に急いだ。

船宿『笹舟』の女将のおまきは、雲海坊の連れて来たお蝶を奥の座敷に案内した。

「女将さん、こちらは秋山の旦那からの預かり人で、お蝶さんです」

「それはそれは、おまきにございます」

「お蝶さん、俺は秋山の旦那の様子を見てくる。女将さん、後は宜しく頼むよ」

「お任せを……」

雲海坊はお蝶をおまきに預け、弥平次のいる居間に行った。

弥平次は出掛ける仕度をして、雲海坊の来るのを待っていた。

雲海坊は弥平次に情況を報せ、小舟町に戻ろうとした。

「雲海坊、俺も行くよ」

弥平次は雲海坊と柳橋を出た。


市兵衛たちが、百獣屋に張り込んで四半刻が過ぎた。

裏口の戸が開き、人影が夜の闇に滲むように現われた。人影は百獣屋の主、鎹屋五郎八だった。五郎八は暗がりに蹲《うずくま》り、周辺を窺った。五郎八の五感は、言い知れぬ危険を感じていた。

市兵衛と直助が身を潜め、息を殺した。

五郎八は、辺りに異常がないと見て動いた。

「蛭子の旦那……」

直助は追い掛けようとした。

「焦るな直助……」

市兵衛は直助を制止し、五郎八の後ろ姿を見つめた。

五郎八の後ろ姿が夜の闇に紛れた時、路地から長八が現われて続いた。

「行くよ……」

市兵衛は直助を従え、長八の後ろ姿を追った。

五郎八は仙台堀沿いを東に進み、木置場に入って行った。火事の多かった江戸では、木材の需要が多く、深川には材木問屋や製材業者が軒を連ねていた。

五郎八は、木置場に係留されていた猪牙舟に乗り、ゆっくりと漕ぎ出した。

市兵衛と直助が、材木の陰から見ていた長八の処に駆け寄って来た。

「野郎、何処に行くつもりだ……」

「小舟町かもな……」

「よし。私と直助は奴を追う。長八は戻って百獣屋を見張ってくれ」

「へい……」

市兵衛は、仙台堀を来た勇次の猪牙舟を呼んだ。勇次は猪牙舟を巧みに操り、船着場に着けた。市兵衛は直助と素早く乗り込んだ。

「あの猪牙ですかい……」

「ああ、付かず離れず、気付かれずにな……」

「合点だ」

船宿『笹舟』の勇次は、若いながらも腕の良い船頭だった。市兵衛と直助は、筵《むしろ》を被って船底に隠れた。

五郎八の猪牙舟は、木置場を出て南北に流れる大横川を北に進み、交差する小名木川を横切って本所竪川に向かった。

松吉は五郎八の命令を茂七に伝えた。

「罠だと……」

「へい。元締がそう……。それで、見張りを残して引きあげろと……」

「よし。俺と権藤の旦那が残る。皆を帰《け》えしてやんな」

「小頭、見張りならあっしと権藤の旦那がやります。どうぞ、お帰り下さい」

「そうかい……」

茂七は、古長屋を包囲していた手下たちに散るように命じた。

五郎八の手下たちが散り始めた。

和馬は気が付いた。

「親分、引きあげていくぜ……」

「ええ、五郎八の奴、こちらの手の内を読んだようですね」

弥平次は悔しさを滲ませた。

「どうします」

幸吉が舌打ちをした。

雲海坊が暗がり伝いにやって来た。

「残ったのは、松吉と頬に傷のある浪人です」

「茂七は戻ったのか……」

「はい。由松が追いました」

「よし。雲海坊、この事を秋山さまにお報せしてくれ」

「承知しました」

雲海坊は、古長屋の裏に廻り込んで行った。

外の様子が変わった……。

久蔵は敏感に察知していた。

何があったのだ……。

「秋山さま……」

雲海坊が、隣家との仕切り壁の穴から入って来た。

久蔵は外の情況を知った。

「錣屋五郎八、抜け目ねえ野郎だぜ」

「はい……」

「で、五郎八は仙台堀に店を構える百獣屋の親父なんだな」

「へい。幸吉の兄いが、間違いねえと……」

「で、今はどうしているんだ」

「分かりません。ですが、蛭子の旦那と長八っつあんたちが見張っているそうです」

「そうか……」

五郎八は誘いを見破り、こちらの出方を窺っているのだ。もし、そうだとしたら五郎八は、何らかの手を打っているのかも知れない。いや、既に何らかの手を打っているのだ。

待っている猶予はない……。

「だったら乗ってやる迄だ……」

久蔵は声に出して呟いた。

「秋山さま……」

雲海坊が怪訝な眼差しを向けた。

「雲海坊、和馬と親分に手下どもを残らずお縄にしろと伝え、お蝶を茂七の蛤屋に連れて来てくれ」

「承知……」

雲海坊は隣家との仕切り壁の穴に消えた。

久蔵はゆっくりと古長屋を出た。

用心棒が出て来た。

松吉と権藤は、緊張してその動きを見守った。用心棒は油紙の破れた腰高障子を後ろ手に閉め、古長屋の木戸口に向かった。

「松吉、追うか」

「いや。お蝶だ」

「お蝶……」

「ああ、中にいるのはお蝶一人……」

権藤は生唾を飲み込み、頷いた。

呼子笛の音が、闇の彼方に鳴り響いた。

松吉と権藤は激しく驚いた。そして、男たちの怒号と悲鳴が、呼子笛に混じって途切れとぎれに聞こえた。

「どうする」

権藤は焦った。

「お蝶だ」

松吉は古長屋に猛然と突進した。権藤が慌てて続いた。

松吉と権藤は、腰高障子を突き破らんばかりの勢いで古長屋に飛び込んだ。

古長屋の家の中には、お蝶は勿論、誰もいなかった。

「誰もいねえ……」

松吉が茫然と呟いた。その時、和馬と幸吉が飛び込んできた。

「松吉、神妙にしやがれ」

和馬が怒鳴り、松吉を殴り飛ばした。そして、幸吉が権藤に飛び掛かった。権藤は怒号をあげて刀を抜こうとした。幸吉は刀を抜かせまいと、必死に権藤の腕を押さえた。由松が仕切り壁の穴から現われ、手拭に包んだ石で権藤を叩き伏せた。権藤は、悲鳴をあげる間もなく崩れ落ちた。

和馬と幸吉、そして由松は、荒く息を鳴らして松吉と権藤を縛りあげた。

「手前ら役人か……」

松吉が驚きの声をあげた。

「ああ、南町奉行所だ。大人しくしろ」

和馬が嘲笑を浴びせた。

「じゃあ、まさかお蝶の用心棒も……」

「南町奉行所与力の秋山久蔵さまだ」

「剃刀久蔵……」

松吉は、ぞっとした面持ちで凍てついた。

「怪我はないかい……」

弥平次が入って来た。

「へい」

「親分の方はどうだ」

「はい。どうにか……」

小舟町は日本橋川に近い。その日本橋川南茅場町に大番屋がある。弥平次は大番屋から人数を出して貰い、錣屋五郎八の手下たちの殆どを捕捉していた。

小頭の茂七は、永代寺門前の茶店『蛤屋』に戻った。

夜鳴蕎麦屋の長八が、それを見届けていた。

茂七は茶碗酒を飲んだ。

冷え切った身体の芯が、ゆっくりと温まっていった。

罠か、元締も弱気になったものだ……。

茂七は、元締である錣屋五郎八の睨みを密かに笑った。

潜り戸が轟音と共に蹴破られた。

茂七は、潜り戸から侵入してくる人影に茶碗酒を投げつけ、素早く長脇差を取った。

投げ付けられた茶碗を躱した人影は、久蔵だった。

「……手前……」

茂七は長脇差を抜いた。

「茂七、源太を殺したのは誰だい……」

「源太だと……」

「ああ、源太を殺した奴だ……」

「……お侍、お蝶に用心棒代、幾ら貰ったのですかい」

「二十三両だ……」

「ふん。じゃあ三十両、出しますよ」

「三十両だと……」

「ええ、如何ですか……」

茂七は嘲笑を浮かべ、久蔵の顔を覗き込んだ。

どうせ金には弱い貧乏侍……。

茂七の嘲笑には、久蔵への侮蔑が籠められていた。

「嘗めるんじゃあねえ」

久蔵の刀が横薙ぎに一閃《いっせん》された。茂七は躱す間もなく、眼の前の煌めきを呆然と見た。

久蔵は笑った。冷たい笑いだった。

茂七は鼻先にむず痒さを感じ、思わず指先で触った。激痛が走り、血が滴り落ちた。鼻先が斬られていたのだ。茂七は思わず悲鳴をあげ、大きく仰け反った。

「秋山の旦那……」

雲海坊がお蝶を連れて来た。

「来たか、お蝶……」

お蝶は、顔を血まみれにして呻《うめ》く茂七を恐ろしげに見ながら頷いた。

「茂七、お蝶も来た。源太を手に掛けたのが誰か、正直に云うんだな」

茂七は血にまみれた顔を両手で押さえ、息を引きつらせていた。

「黙っているところを見ると、茂七、お前が源太を殺したんだな。お蝶、こいつで仇を討ちな」

久蔵はお蝶に刀を差し出した。

お蝶は茂七を睨みつけて頷き、久蔵の刀の柄を震える手で握り締めた。

「茂七、お蝶は素人だ。俺が斬ったように痛みを感じねえ訳にはいかないぜ」

「違う……」

茂七は、血まみれの顔を恐怖に震わせた。

「何が違うんだ……」

「源太を殺《あや》めたのは元締だ。元締の錣屋五郎八だ……」

「殺されたくねえ一念で、嘘をついているんじゃあるまいな」

「嘘じゃあねえ。本当だ。本当に元締の錣屋五郎八が殺ったんだ。助けてくれ……」

「茂七、元締の錣屋五郎八、仙台堀沿いにある百獣屋の親父だな」

「……そうだ」

茂七は一瞬絶句して躊躇い、落ちた。

久蔵はお蝶から刀を取りあげた。

「雲海坊、茂七の鼻を手当てして縛りあげておけ」

「合点だ」

久蔵はお蝶を連れ、仙台堀東平野町にある百獣屋に向かった。


冬の夜風は、仙台堀の水面に冷たい小波《さざなみ》を走らせていた。

久蔵とお蝶は百獣屋に急いだ。

百獣屋の近くに夜鳴蕎麦の屋台が出ていた。長八だった。

「長八じゃあねえか……」

「こりゃあ、秋山の旦那……」

長八は久蔵に挨拶をし、ちらりとお蝶を見た。

「俺の雇い主のお蝶だ」

「それはそれは。さあ、こっちにきて温まるといい……」

長八はお蝶に笑いかけ、真っ赤に熾きた炭の満ちた七輪を示した。

お蝶は七輪に両手を差し出した。

茂七を殺そうと刀を握っていた手は、ゆっくりと温まっていった。

「で、いるのかい」

「出掛けましたよ」

「出掛けた……」

「ええ、ですが蛭子の旦那と直さんが……」

長八は、お蝶を気にしながら久蔵に答えた。

「追ったか……」

「へい。勇次の猪牙で……」

「そうか。ところで長八、蕎麦、あるかい……」

「へい。残り物ですが……」

「よし、俺が温まる奴を作ってやるぜ」

久蔵は長八と入れ替わり、蕎麦を作り始めた。

「秋山の旦那……」

お蝶は、秋山半蔵に得体の知れぬ不思議なものを感じた。


四半刻が過ぎた。

仙台堀に船を漕ぐ櫓の音がした。櫓の音は次第に大きくなり、勇次の繰る猪牙舟が夜の闇から現われた。

「秋山の旦那、勇次です……」

「やっと来たか……」

久蔵は勇次の猪牙舟を迎えた。

「御苦労だな、勇次」

「こりゃあ秋山さま……」

「百獣屋の親父は何処だ」

「向島、木母寺《もくぼじ》の裏に住んでいる女の処です」

「よし、済まねえが、もう一度行ってくれ」

「へい」

久蔵は猪牙舟にお蝶を乗せ、飛び乗った。

「長八、寒い中、御苦労だったな。引き取って休んでくれ」

「へい。お先に御免なすって……」

長八は七輪の火を落とし始めた。


勇次の猪牙舟は、久蔵とお蝶を乗せて大横川を北に向かった。

小名木川、竪川を横切り、業平《なりひら》橋を潜って小梅瓦町《こうめかわらまち》を左に曲がり、源兵衛《げんべえ》橋を抜けて隅田川を遡った。

托鉢坊主の雲海坊、夜鳴蕎麦屋の長八、そして船頭の勇次……。

お蝶は、次々と現われる久蔵の仲間に疑問を持たずにはいられなかった。

秋山の旦那は何者なのだ……。

久蔵は猪牙舟の舳先《へさき》に座り、隅田川の行く手に続く闇を厳しい面持ちで見詰めていた。

寅の刻七つ、夜明けが近付いた。

勇次の猪牙舟は、竹屋之渡《たけやのわたし》や桜で名高い土手を過ぎ、木母寺傍の船着場に着いた。

久蔵とお蝶は猪牙舟を降り、勇次の案内で木母寺裏に向かった。

「あそこです……」

勇次は、木母寺の裏にある一軒の寮を指差した。

「よし。お蝶、俺が呼ぶまで、勇次と此処にいろ」

久蔵はそう云い残し、音も無く寮に近付いて行った。


久蔵が寮の軒下に忍んだ時、暗がりから市兵衛が現われた。

「秋山さま……」

「おう、面倒を掛けたな市兵衛……」

「いいえ。裏は直助が見張っています」

「うむ。で、中には五郎八と女がいるのかい」

「ええ。流石は錣屋五郎八、先を読んでいち早く逃げたと云いたいが、ちょいと手遅れでしたね」

「ああ。市兵衛、錣屋五郎八の始末、俺に任せて貰うぜ」

「美人局のお蝶ですか……」

「うむ……」

「所詮は磔獄門《はりつけごくもん》。いいでしょう。じゃあ私と直助は裏からいきましょう」

「頼む……」

久蔵は市兵衛が裏に廻るのを見届け、お蝶を呼んだ。

「お蝶、此処に源太を殺した錣屋五郎八がいる。しっかり仇を討つんだぜ」

「うん……」

お蝶は緊張に溢れた顔で頷いた。

夜明け前の寝間は薄暗く、五郎八は若い妾を抱いて蒲団に潜り込んでいた。

襖が静かに開き、久蔵が音も無く忍び込んできた。

「……錣屋五郎八……」

久蔵が名を呼んだ。

五郎八は瞬時に眼を覚まして跳ね起き、鋭い小刀を構えた。小刀は獣を解体しているものらしく、生臭い臭いを漂わせた。

若い妾が眼を覚まし、悲鳴をあげようとした。だが、久蔵の拳が脾腹《ひばら》に打ち込まれ、喉を鳴らして崩れ落ちた。

「そいつで源太の腹を抉ったんだな……」

「手前、お蝶の用心棒か……」

「ああ。お蝶……」

お蝶が憎しみを露わに現われた。

「こいつが、源太を殺した綴屋五郎八だぜ」

次の瞬間、五郎八が鋭い小刀で久蔵に突き掛かった。久蔵の刀が閃光を放ち、五郎八の小刀が甲高い音をあげて弾き飛ばされた。

「五郎八、大人しくお蝶に討たれるんだな」

「煩せえ」

五郎八は裏に逃げようとした。だが、行く手に市兵衛と直助が立ちはだかった。

五郎八は囲まれた。そして、同心姿の市兵衛に戸惑った。

戸惑いはお蝶も同じだった。

「て、手前……」

「私は南町奉行所同心蛭子市兵衛。もう逃げられないと観念するんだね」

「南町、じゃあ……」

五郎八は久蔵を見た。そして、お蝶も久蔵を注目した。

「俺かい……」

久蔵は苦笑するしかなかった。

「俺は南町奉行所与力の秋山久蔵だよ」

「剃刀久蔵……」

五郎八は驚いた。だが、驚きはお蝶の方が大きかった。

「秋山久蔵……」

お蝶は茫然と呟いた。

「お蝶、錣屋五郎八は磔獄門だ。それでも仇を討ちたいのなら、さっさとやりな……」

お蝶は驚いた。

「秋山の旦那……」

「なあに心配無用だ。錣屋五郎八はお縄になるのを嫌って暴れ、手に余ったので斬り棄てた。それで一件落着。余計な心配しねえで好きなように始末しな」

「はい……」

お蝶は匕首を構え、壁を背にして立つ五郎八にゆっくりと迫った。

「や、止めろ。止めてくれお蝶……」

五郎八は跪き、お蝶に手を合わせた。

「源太の仇だ。仇なんだ……」

お蝶は自分に言い聞かせるように呟き、迫った。

久蔵と市兵衛、直助が見守った。

五郎八は念仏を唱えるように助けを乞い、土下座した。哀れで惨めな姿だった。

お蝶は思わず五郎八を哀れんだ。そして、湧き上がる哀れみを懸命に否定した。

「源太を殺した仇なんだ……」

お蝶はそう叫び、匕首を構えて五郎八に迫った。

五郎八が慌てて立ち上がった。刹那、お蝶が体当たりをした。五郎八が壁に張り付き、眼を見開いて凍てついた。

お蝶がふらつきながら後退りした。

匕首は、五郎八の着物の袖を壁に縫いつけていた。

「良くやったお蝶、お前は源太の仇を見事に討ったぜ」

久蔵が笑った。

市兵衛と直助が、今にも倒れそうになっている五郎八を捕らえ、引き立てた。

「終わったな。お蝶……」

「……殺せなかった。私、五郎八を殺せなかった」

「いいや、そいつは違うぜ、お蝶。お前が俺を用心棒に雇ったから錣屋五郎八を追い詰め、獄門台に送ったんだ」

「秋山の旦那……」

「お前は立派に源太の仇を討ったんだよ。さあ、江戸を出て堅気の暮らしをするんだな」

久蔵はお蝶に二十三両を差し出した。

「こいつを足しにしてな……」

「秋山さま、私は美人局をして……」

「お蝶、美人局で脅された男は、誰一人としてお前を訴え出ちゃあいねえ。訴えられていねえ者を捕まえる訳にはいかねえさ」

お蝶は大粒の涙を零し、身を震わせて啜り泣いた。

隅田川は朝日に煌めいていた。

勇次の猪牙舟は、お蝶を乗せて川面を下っていく。
朝の冷気は、徹夜で鈍《なま》った久蔵の身体を引き締めてくれていた。
お蝶を乗せた勇次の猪牙舟は、やがて川面の煌めきに飲み込まれていった。
久蔵は、川面の煌めきに眩しく眼を細めた。

# 第四話

# 妻敵討《めがたきうち》

一

師走——十二月。

八日から正月を迎える仕度を始め、十三日は煤《すす》払い。十四日から歳の市が開かれる。歳の市は各所の寺や神社で開かれ、最も賑やかなのが浅草観音の歳の市であり、俗に羽子板市と呼ばれた。

八丁堀の秋山屋敷では、香織と与平・お福夫婦が正月を迎える仕度に忙しく働いていた。

「御免……」

瓢簞《ひょうたん》を持った老武士が、秋山屋敷を訪れたのはそんな時だった。

「お待たせ致しました。どちらさまにございましょうか……」

香織が襷《たすき》を外し、式台に出迎えた。

「おお、そなたが雪乃殿の妹御か。うむ、良う似ている。うむ……」

老武士は、久蔵の亡き妻の名を云い、厳《いかめ》しい顔をほころばせて頷いた。

「あのう、失礼ではございますが……」

「いるかな、久蔵は……」

老武士は、履物を脱いで式台にあがろうとした。

「いいえ、義兄はまだお奉行所から戻ってはおりませぬが……」

「戻っていない。そうか……」

老武士は、がっかりした面持ちで履物を脱いだ足を戻した。

子供のようなお方……。

香織は込み上げる笑いを懸命に堪《こら》えた。

「あの、失礼にございますが……」

「おお、拙者は大迫清兵衛だ。うん」

老武士、大迫清兵衛は、親しげな笑顔を香織に見せた。

「あの、宜しければお待ち下さいますか……」

「うむ。そうだな。待たせて貰うか……」

「あれ、清兵衛さまではないですか……」

庭から与平が声を掛けた。

「おお、与平。まだしぶとく生きていたか」

「何を仰います。死に損ないの清兵衛さまが」

与平と清兵衛は、しわがれ声を揃えて笑った。

香織は笑いを堪えながら台所に戻った。

「お嬢さま、はしたないですよ……」

お福が眉をひそめた。

「お福、大迫清兵衛さまとは、どのような方なのですか」

香織は清兵衛に出す茶の仕度をし始めた。

「大迫さまがお出でになったのですか」

「ええ、義兄上に御用だとか。書院でお待ち願いました」

「お嬢さま、まさかうちの与平が……」

「ええ、お相手をしてくれています」

「もう……」

お福は眉を僅かに吊り上げた。

「あら、何か……」

「お嬢さま、大迫さま、瓢簞をお持ちだったでしょう」

「ええ、あの瓢箪がどうかしましたか……」

「あの瓢箪には、気付け薬と称してお酒を入れてありましてね」

「お酒……」

「ええ。今頃はもう、与平と酒盛りですよ」

「まあ。で、お福、大迫さま、どのような」

「旦那さまの剣術の兄弟子で、元は八州廻りをされていた方にございます」

「八州廻りですか……」

八州廻りとは、正式名を『関東取締出役』と称し、武蔵・相模・上野・下野・常陸・上総・下総・安房の治安を護るのが役目であった。

「はい。何でも〝鬼の清兵衛〟と呼ばれ、悪人に恐れられた方だそうですよ」

「とても、そのような方には見えませんね」

「はい。面白いと申せば、面白いお方なのですが……」

その時、清兵衛と与平の屈託のない笑いが、書院から響いてきた。

久蔵は清兵衛の盃に酒を満たした。

清兵衛は美味そうに酒を飲み、盃を空にした。

「それで清兵衛さん、御用とは……」

「おお、それなのだが久蔵。お主、道場にいた村田新八郎《むらたしんぱちろう》を覚えているか」

「村田新八郎ですか……」

「うむ。信州松田藩の藩士で二年ばかり道場で修業していて、国元に帰った奴だ」

「覚えています。なかなか筋の良い奴でしたね」

久蔵は、青々とした月代《さかやき》で幼さを残した新八郎の顔を思い出した。あれから十五年余りの時が過ぎ、新八郎も三十歳前後になっている筈だった。

「そうだ。あの頃、儂が道場の師範代をしていてな。何かと目を掛けてやったものだ」

清兵衛の眼には、懐かしさが浮かんでいた。

「その村田新八郎がどうかしましたか……」

「うん。浅草の観音さまで見かけてな」

「江戸に来ていたのですか……」

「ああ、月代も伸ばし、浪人の風体でな」

「……で、何をしていたのです」

「用心棒だ」

「用心棒……」

「ああ、明神屋富五郎《みょうじんやとみごろう》と云う口入屋のな……」

口入屋『明神屋』の主の富五郎は、浅草浅草寺の境内で土地の地回り『観音一家』の若い衆と揉め事になったことがあった。

その時、富五郎の用心棒が、地回りの腕を鮮やかに斬り飛ばし、その場を力づくで鎮めた。その用心棒が、村田新八郎だったのだ。

「それはもう荒んだ面をしておってな。儂も最初、村田だとは気付かなかったが……」

「地回りの腕を斬り飛ばしたのを見て気付きましたか……」

「うむ、心形刀流だった……」

清兵衛は手酌で酒を盃に注ぎ、淋しげに啜った。

「それでだ、久蔵……」

「はい」

「お主に訊けば、村田新八郎の事が少しは分かるかと思ってな……」

清兵衛は酒の残っている盃を置いた。滅多にない事だった。

「村田が江戸にいるのは、今初めて聞きました。おそらく清兵衛さんが心配しているような悪事、働いちゃあいませんよ」

「そうか、それなら良いのだが……」

「だが、これからは分かりません……」

「久蔵……」

「その場は力づくで鎮めたとしても、浅草の地回りは黙っちゃあいませんからね……」

「やはりそうか……」

「奴らは男伊達《おとこだて》を売るのが生業《なりわい》。面を汚されて尻尾は巻きませんよ」

「久蔵、新八郎は松田に帰って妻を娶《めと》った筈だ。どうにかならぬか……」

清兵衛が師範代の時に入門したのなら、村田新八郎は剣の握り方や足の運び方などを教えた己の弟子と云っても過言ではない。

清兵衛は、それだけに村田新八郎を心配していた。

「久蔵、儂も出来るだけの事はするつもりだが、何分にも江戸は関八州とは違う……」

「分かりました、私もちょいと調べてみましょう」

「そう願えるか……」

「ええ……」

「そうか、剃刀久蔵が乗り出してくれるか、良かった、良かった。まあ、飲んでくれ」

清兵衛は満面に安堵を浮かべ、久蔵に酌をしようとした。だが、銚子はどれも空だった。

「おい、与平、酒だ。酒を頼む」

清兵衛は我が家にいるかのように叫んだ。

「へい。只今」

与平の声が木霊《こだま》のように響いた。

久蔵は苦笑した。


雲は重く垂れ込め、今にも雪が降り出しそうな空だった。

「浅草寺での一件は、私も聞いております」

岡っ引の柳橋の弥平次は、久蔵の話を聞いて眉をひそめた。腕を斬り飛ばすほどの事ではない……。

弥平次はそう思っていた。

「で、地回りども、どうしている」

「仕返しをすると、威勢の良い事を云っているそうですが、なにしろ相手は恐ろしい剣の使い手。皆が忘れてくれるのを待つしかないでしょう」

騒動のあった場所は、浅草寺の境内の外とは云え寺社地であり、寺社奉行の支配で町奉行の手は及ばなかった。

「それならいいがな……」

「秋山さま、その一件が何か……」

「実はな親分、地回りの腕を斬り飛ばした浪人だがな……」

「神田の口入屋明神屋の主・富五郎の用心棒と聞きましたが……」

「ああ。その用心棒、村田新八郎と云ってな。俺の剣術の弟弟子って奴なんだよ」

「それはそれは……」

弥平次は驚き、言葉を濁した。

久蔵は大迫清兵衛に聞いた話を弥平次に伝え、浅草の地回りたちの動きを暫く監視するように頼んだ。

「意地と面子《めんつ》にこだわりゃあ、観音一家の若い衆は皆、手足がなくなっちまうぜ」

「分かりました。すぐに手配します」

「面倒を掛けてすまねえが、頼むぜ」

久蔵は弥平次に地回りたちの監視を頼み、神田明神下に向かった。


神田川に架かる昌平橋を渡ると明神下の通りになり、左手の本郷台地に神田明神があった。

富五郎の口入屋『明神屋』は、明神下通りの神田同朋町にあった。

久蔵が同朋町に来た時、門付《かどづ》けをする托鉢坊主の下手な経が聞こえてきた。托鉢坊主は、弥平次の手先を務める雲海坊だった。

弥平次は柳橋の船宿『笹舟』に戻り、下っ引の幸吉を浅草に行かせ、雲海坊を神田同朋町に走らせたのだ。

久蔵は雲海坊を一瞥し、神田明神に続く階段をあがった。雲海坊は、下手な経を読みながら続いた。

神田明神の境内は、年の暮れが近付いたのにも拘わらず、参拝客で賑わっていた。

久蔵と雲海坊は、境内の茶店の奥座敷で向かい合った。

「村田新八郎ってお侍、夏の終わりに信州松田からやって来たそうですよ」

「夏の終わりにな……」

「はい。以来、旦那の富五郎の用心棒を務めているそうです」

「で、明神屋はどんな口入屋なんだい」

口入屋とは『人宿《ひとやど》』などとも称し、奉公人の周旋、仲介をする生業である。江戸の場合、町家の奉公人の仲介より、大名旗本の徒士《かち》や足軽、六尺、中間などの〝軽き武家奉公人〟を周旋・仲介するのが多かった。

口入屋『明神屋』は、神田という土地柄から旗本の足軽中間の斡旋・周旋が主だった。

「評判は……」

「良くもなく悪くもない。ま、極く普通の口入屋ですよ」

「だが、用心棒を連れて歩いている……」

真っ当な口入屋の主には、不要な者と云える。

「裏がありますかね」

「そう考えるべきだろうな」

「分かりました」

雲海坊は、『明神屋』にそれなりの探りを入れるつもりなのだ。

「で、村田新八郎は……」

「いつも黙って酒を飲んでいるそうですよ」

「そんな奴じゃあなかった筈だ……」

村田新八郎は変わった……。

国元の信州松田藩に戻って十五年余、その歳月が新八郎を変えたにしろ、何か理由がある筈だ。

その理由が何かだ……。

久蔵は思い出した。

幼さを残した新八郎の顔。そして、大迫清兵衛の淋しげな顔を思い出した。

逢ってみるしかねえか……。

久蔵は決めた。

南町奉行所与力秋山久蔵……。

口入屋『明神屋』は、いきなり訪れた〝剃刀久蔵〟に慌てふためいた。

「あの、秋山さま、何の御用で……」

番頭の駒吉《こまきち》が、茶を差し出しながら恐る恐る尋ねた。

「だから云ってんだろう。此処に厄介になっている村田新八郎に逢いに来たんだぜ」

「村田の旦那ですね……」

「ああ、いるならさっさと呼んでくれ」

「あの、村田の旦那が一体何を……」

駒吉たち『明神屋』の、久蔵に対する警戒は厳しかった。

「お前、なんて名前だい」

「あっしですか……」

「ああ、お前だよ」

「番頭の駒吉と申します」

「なあ、駒吉。俺は新八郎のがきの頃からの知り合いだよ」

「じゃあ、昔馴染みですか……」

「ああ、さっさと新八郎を呼んできな」

久蔵は冷たく笑った。

「へ、へい……」

駒吉は慌てて腰をあげた。

「それには及ばぬ……」

奥から痩身《そうしん》の浪人が現われた。

村田新八郎だった。

村田新八郎は久蔵の前に座り、両手をついて深々と頭を下げた。伸びた月代、肉の削げ落ちた頬、輝きの失せた眼。そして、その手には厳しい剣の修業の跡が窺えた。

久蔵が知っている村田新八郎とは違った。

「御無沙汰しました……」

「おう、暫くだったな新八郎」

「はい。秋山さまにはお変わりなく……」

「ああ、見ての通りだ。どうだ新八郎、その辺で一杯やらねえか」

「はい。駒吉……」

「へい。旦那がお出掛けになるのは半刻後。それまでなら……」

「うむ。では秋山さま、お供致します」

新八郎は刀を手にして立ち上がった。


久蔵は近くにある蕎麦屋に向かった。

新八郎は足音も立てず、久蔵に一歩遅れで続いて来た。隙のない動きだった。

かなりの修羅場を潜ってきていやがる……。

久蔵は新八郎の過去に想いを馳せた。


蕎麦屋の座敷に客はいなく、久蔵と新八郎は衝立《ついたて》で仕切られた片隅にあがった。

「初めてだな、新八郎と酒を飲むのは……」

久蔵は新八郎の猪口に酒を満たした。

「はい……」

新八郎も久蔵に酌をした。

「あの頃は酒の味も知らず、秋山さまは雲の上の方でしたから……」

「ふん。俺は御家人の放蕩息子。お前は松田藩藩士の倅。云っちゃあなんだが、お互いに付き合いたいとは思わねえ相手だったたな」

「はい。それに秋山さまは既に心形刀流の印可をお貰いになる腕。私はようやく木刀を握れる程度でしたので……」

新八郎は微かに苦笑した。一瞬、昔の面影がよぎった。

「秋山さま、おみえになったのは浅草寺の件ですか……」

「いや、ありゃあ寺社奉行の支配。俺達町奉行所には関わりのねえ一件よ」

「ならば……」

「昔の兄弟弟子の噂を聞いて逢いたくなった。それだけだぜ……」

「噂ですか……」

「ああ、ところで新八郎。お前の家は先祖代々の松田藩士。それなのに何故、藩を出て浪人したんだい」

刹那、新八郎の眼に暗い影が浮かんだ。だが、暗い影は酒を飲む手にすぐ隠された。

「お話ししなければなりませぬか……」

新八郎が猪口を持つ手を降ろした時、その眼から暗い影は消えていた。

「いいや。無理にとは云わねえさ」

「申し訳ございません……」

新八郎は律儀に詫びた。

小半刻が過ぎ、久蔵と新八郎は蕎麦屋を出た。

「御馳走になりました……」

「礼には及ばねえよ」

「今にして思えば、秋山さまにも稽古をつけて戴きたかった……」

新八郎の顔には、隠しきれない後悔と哀しみが滲んでいた。

「何を云っていやがる。稽古なら今でも出来るぜ」

「はい……」

「それから新八郎、清兵衛さんに顔を見せてやりな」

「大迫先生ですか……」

「ああ、清兵衛さんはお前に心形刀流のいろはを教えた師匠だからな……」

「お達者ですか、大迫先生……」

「ああ、今はもう八州廻りも辞め、倅に家督を譲って楽隠居の身だ。お前が顔を見せてやれば大喜びだ。いいな」

「はい……」

「じゃあな新八郎……」

久蔵は新八郎に背を向け、昌平橋に向かった。新八郎はその後ろ姿に深々と頭を下げ、いつまでも見送った。沈む夕陽を浴びて長く伸びた影は、孤独と虚しさに小刻みに震えていた。

新八郎が『明神屋』に戻ると、番頭の駒吉が駆け寄って来た。

「旦那、剃刀久蔵の野郎、何の用でした」

「昔話をしただけだ。それから駒吉、秋山さまは私の剣の兄弟子。言葉に気をつけろ」

「へ、へい……」

駒吉は怯えた。

「で、旦那はどうした」

「お待ちかねです」

新八郎は『明神屋』の主・富五郎の居間に向かった。

『明神屋』富五郎は、でっぷりと肥った赤ら顔の四十代半ばの男だった。

「村田さんが、南町の剃刀久蔵と知り合いだったとはねえ……」

「古い話だ。で、見つかったのか……」

「ああ、ようやくね……」

「いたか。何処だ、何処にいた」

新八郎は思わず身を乗り出した。

「村田さん、教える前に約束を果たして貰いてえな……」

富五郎は冬だと云うのに額に汗を滲ませ、冷たい眼差しを向けた。

「……分かった。いいだろう」

「決まった……」

富五郎は薄く笑った。

二

神田川に吹く風は、次第に冷たくなってきていた。

久蔵は風に吹かれ、夕暮れの神田川沿いの道を柳橋に向かっていた。

夜の隅田川には冷たい風が吹き抜け、行き交う船も少なくなる。

熱い酒と湯気のたつ鴨鍋は、久蔵の冷えた身体を芯から温めた。

「まるで別人ですか……」

弥平次は熱い酒を久蔵に勧めた。

「ああ。だが、そいつは己が望んでなったんじゃあなく、そう追い込まれちまったようだ」

「追い込まれた……」

「そんな気がする。それで親分、観音一家は仕返しをしようとしているのかい」

「そいつなんですが、幸吉の話では仕返しをする気配はないようにございます」

「そうか……」

「ま、幸吉をもう少し張り付けておきますがね」

「暮れの忙しい時にすまねえな……」

「いいえ。それより秋山さま。村田さんはどうして浪人されたのでしょうね」

「親分。侍ってのは己を棄てるのが生業。虚しく哀しい生き物よ」

久蔵は熱い酒を飲み干した。

信濃松田藩田丸家は八万石の外様大名であり、江戸上屋敷は愛宕下《あたごした》大名小路にあった。

久蔵は書院に通された。屋敷内には人の声はおろか物音もせず、大名屋敷らしい落ち着いた静寂に包まれていた。

「お待たせ致した……」

留守居役の鵜飼兵庫《うかいひょうご》が、静かな足取りで現われた。

「留守居役の鵜飼兵庫にござる」

江戸留守居役とは、大名家江戸屋敷の責任者であり、幕府や他藩との交渉に当たる藩の外交官とも云えた。

「南町奉行所与力秋山久蔵です」

「お噂はかねがね……して、御用件は」

鵜飼は留守居役らしく如才ない言葉を重ね、久蔵との面談を出来るだけ早く終わらせようとしていた。

「今年の夏まで、松田藩藩士だった村田新八郎について伺いたく、訪れました」

「村田新八郎ですか……」

「左様、御存知ですな」

「勿論ですが、村田が何を致しても、既に当藩とは何の関わりはござらぬ」

鵜飼は素早く護りに入った。

久蔵は苦笑した。

「いえ。訊きたいことは、村田新八郎が何故、松田藩を出て浪人になったかです」

「その事ですか……」

「ええ。何故か分かるなら、お教え願いたい」

「秋山殿、拙者も江戸詰なもので詳しくは知らぬが、国元の者に聞いたところによると、村田新八郎は剣術に夢中になり過ぎて妻女に逃げられたそうです」

「妻に逃げられた……」

久蔵は思わず問い返した。

「ええ。それも男と駆け落ちされたと云う事ですよ」

鵜飼は唇の端に嘲りを漂わせた。

村田新八郎は、妻に密通された挙句、逃げられた夫だった。

「それで、藩にいられなくなって逐電《ちくでん》したのでしょう。哀れなものです」

確かに哀れだ。だが、鵜飼を始めとした藩士たちは、口では同情しながら陰で嘲り笑ったのだ。恥辱にまみれた新八郎は、松田藩からの扶持米《ふちまい》を棄てて国元を出るしかなかった。

「村田の妻女が姦通した相手の男は、何処の誰ですか」

「何でも、江戸から来ていた旅の旗本だったとか……」

「旗本……」

「ええ。城下外れにある湯治場に何度か来ていた旗本です」

「村田の妻女は、その江戸から来た旗本と駆け落ちしたのですか」

「噂ではそう云う事らしいのです」

「らしい……」

「ええ。村田の妻女の実家は、その湯治場のある村の庄屋でしてな。旗本とは顔見知りだったとか。そして、その旗本の宿に入り浸り、旗本が江戸に帰った直後、村田の妻女も姿を消したそうです」

「それで、駆け落ちですか……」

「ええ。村田の妻女は十年前、村田に惚れて一緒になったのですが、分からぬものですな」

「その旗本の名、何と申すのですか……」

「それは……」

鵜飼は言葉を濁した。

「教えて戴けませんか……」

「左様。何分、確かな証拠もない噂でしてな。申す訳には参りませぬな」

江戸から来た旗本と駆け落ちした妻……。

新八郎が江戸に現われた理由は、そこにあるのだ。

「男と逃げた妻を追ってきたとしたら、かなりの未練者と云えますな」

「果たしてそうですかな……」

「と申されますと、妻敵討《めがたきうち》ですか……」

鵜飼は苦笑した。

妻敵討とは、殺された妻の敵を討つ事ではなく、姦夫姦婦を私的に成敗することだ。

「相手は旗本、恥の上塗りをするまで……」

「良く分かりました。造作をお掛けした」

久蔵は信濃松田藩江戸上屋敷を出た。松田藩の新八郎への嘲笑に怒りを覚えながら……。

隅田川を吹き抜ける冬の風は、吾妻橋の橋詰に潜む新八郎と駒吉を容赦なく震え上がらせていた。

戌の刻五つ半。

浅草花川戸町《はなかわどちょう》にある船宿の暖簾《のれん》が揺れた。

『明神屋』富五郎と船宿の女将たちが、聖天《しょうでん》の長兵衛《ちょうべえ》を送って出て来た。

香具師《やし》の元締聖天の長兵衛は、富五郎たちの見送りを老顔をほころばせて受け、二人の子分を従えて浅草寺横の浅草聖天町にある家に向かった。

「村田の旦那……」

駒吉は寒さと緊張に震えた。

「あの年寄りが聖天の長兵衛か……」

「へい……」

新八郎は長兵衛を確認すると、音もなく動いた。

聖天の長兵衛と子分たちは、花川戸町の往来を山谷堀《さんやぼり》に向かって行く。長兵衛の表稼業は香具師の元締だが、裏稼業は金で人殺しを請け負う〝始末屋〟だった。

そして今、『明神屋』富五郎は、長兵衛の〝始末屋〟の座を狙っていた。

新八郎は暗がり伝いに追った。

往来は花川戸から山之宿町《やまのしゆくちよう》に続き、聖天町に入る三叉路《さんさろ》に近付いた。

何処かで夜廻りの拍子木が鳴った。

新八郎は地を蹴った。

闇を切り裂くように走り、聖天の長兵衛たちに一気に迫った。

子分の一人が怪訝に振り返った。

刹那、新八郎の刀が閃いた。

振り返った子分は、悲鳴をあげる間もなく絶命して倒れた。新八郎は、返す刀で長兵衛の首を横薙ぎに斬り飛ばした。残った子分は、恐怖に言葉もなく凍てついた。新八郎は情け容赦なく、真っ向から深々と斬り下げた。まるで舞いを舞うかの如き見事な手際だった。

駒吉は、余りにも鮮やかな人殺しに茫然と立ち尽くした。

「戻る……」

新八郎は踵《きびす》を返し、足早に歩き出した。駒吉が我に返り、慌てて新八郎を追った。

隅田川から吹く夜風は、転がっている長兵衛の首を冷たく揺らした。

夜明け、弥平次はお糸の呼ぶ声に眼を覚ました。

「お父っつあん……」

「お糸かい……」

「はい」

『笹舟』の養女のお糸が、部屋の外から声を掛けてきていた。

「どうした」

「幸吉さんが見えています」

「分かった。すぐに行くよ……」

「はい……」

お糸の足音が廊下を去っていった。

事件が起きた……。

弥平次は起き上がり、夜明けの冷気に身を晒《さら》した。

幸吉は血走った眼をし、お糸の出してくれた茶を啜っていた。

「殺しかい……」

弥平次は長火鉢の前に座り、静かに尋ねた。

「はい。浅草聖天町で香具師の元締の長兵衛が二人の子分と……」

浅草の地廻り『観音一家』を監視していた幸吉は、自身番に泊まっていていち早く事件を知ったのだ。

「長兵衛が……」

「はい。首を斬り飛ばされて……」

幸吉は、転がっていた長兵衛の首を思い出し、喉を鳴らした。

「首を斬り飛ばされただと……」

弥平次は、幸吉の眼が血走っている理由が分かった。

「よし、これから出張るが、朝飯、食べたか」

「結構です」

下っ引の幸吉は、弥平次や久蔵と数多くの修羅場を潜ってきた男だ。その幸吉も斬り飛ばされた首を見て、流石に食欲が失せていた。

「そんなに酷いのか……」

「親分、酷いと云うより、鮮やか過ぎてとても人間の仕業とは……」

「思えないか……」

「いえ、思いたくなくて、へい……」

幸吉は乾いた喉を鳴らし、温《ぬる》くなった茶を飲み干した。

浅草聖天町は顔役の長兵衛斬殺に驚き、恐怖に包まれていた。

鮮やかな腕前だった。

弥平次は、長兵衛の首と切り離された胴体、そして二人の子分の死体を検《あらた》め、驚いた。

幸吉が怯えるのも無理はない……。

死体はどれも一太刀で命を奪われていた。

「親分……」

南町奉行所定町廻り同心神崎和馬が、自身番の番人に案内されてきた。

「御苦労さまにございます」

「うん。聖天の長兵衛が、首を斬り飛ばされて殺されたんだってな……」

「はい。検めてやって下さい」

弥平次は筵を掛けられた死体を示した。

「う、うん。で、どうなんだ」

和馬は筵を掛けられた死体から眼を背け、弥平次に尋ねた。

「私の見たところ、三人とも一太刀で斬り殺されております」

「長兵衛の首もか……」

「はい。一太刀です……」

「って事は、殺ったのはかなりの腕の侍だな」

「争った跡もありませんし、そう見て間違いないでしょう」

「うむ。で、見た者はいないのか……」

「はい。今のところ、おりません」

「となると、長兵衛の昨夜の足取りと、長兵衛を殺したいと願っている野郎だな」

「はい。幸吉たちが調べ始めました」

「そうか。じゃあ、死体を南茅場町の大番屋に運んで貰うか……」

「大番屋にですか……」

死体を大番屋に運ぶことは滅多にない。

「ああ、剣の腕の立つ者の仕業となると、秋山さまに検めて貰わなければなるまい」

和馬は相変わらず正直だった。

「左様ですね」

弥平次は微笑んだ。

久蔵が南茅場町の大番屋を訪れたのは、長兵衛たちの死体が運び込まれた半刻後だった。

弥平次は、三人の倒れていた状態を説明した。久蔵は倒れていた状態と傷口のありようを詳しく調べた。三人の傷口は、一つの動きで出来たものだった。

「親分の見立て通り、三人とも只の一太刀、見事なもんだぜ……」

久蔵は感心した。

「下手人、血も涙もない血迷った獣ですね」

和馬は下手人を罵った。

「う、うむ……」

久蔵は密かに恐れていた。

下手人は、一呼吸の流れで三人を斬り殺している。

仕舞……。

〃仕舞〃は、心形刀流の秘太刀とされる舞うような動きで斬る技であった。

その秘太刀〝仕舞〟を、村田新八郎が会得していたら……。

久蔵は密かに恐れた。


駿河台《するがだい》小川町は、旗本たちの屋敷が甍《いらか》を連ねていた。

その一角に旗本千五百石の跡部内膳正《あとべないぜんのしょう》の屋敷がある。

村田新八郎は跡部屋敷の前に佇んでいた。

この屋敷の何処かに由里《ゆり》がいる……。

新八郎は暗い眼差しで跡部屋敷を見詰めていた。

新八郎の妻・由里は、蟬の騒がしい夏のある日、姿を消した。

新八郎は驚き、探した。そして、妻の由里が、江戸から湯治に来ていた旗本跡部内膳正と不義密通の噂があるのを知った。そして、由里の失踪は、跡部が江戸に帰った翌日だった。

妻・由里の不義密通。

知らなかったのは夫の新八郎だけであり、世間は密かに笑っていたのだ。

新八郎は己の迂闊さに気付き、愕然とした。だが、既に松田藩における新八郎の居場所は、〝笑い者〟の座だけだった。

新八郎に残された道は、松田藩を棄てて由里を追うしかなかった。夫が、不義密通を働いた妻を斬り殺しても罪には問われない。むしろ姦婦は、成敗するべきとされていた。

江戸に着いた新八郎は、由里の不義密通の相手と噂される旗本跡部内膳正の屋敷を訪れた。だが、跡部は只の噂と一笑に附し、新八郎を屋敷から追い返した。

不義密通、そして由里が屋敷にいる確かな証拠は何もなかった。

為す術のない新八郎は、由里の居場所を突き止める為、口入屋『明神屋』に旅装を解いた。

口入屋『明神屋』は、跡部家を始めとした旗本屋敷に足軽・中間を数多く送り込んでいる。跡部屋敷に由里がいるかどうかを調べるのに都合が良い。

『明神屋』の富五郎は、新八郎の剣の腕を知り、跡部屋敷を調べる代償に自分の用心棒になることを望んだ。

新八郎はその取引きを飲み、用心棒を引き受けた。そして、新八郎は富五郎の命令で香具師の元締・聖天の長兵衛を斬り殺し、由里に関する情報を得た。

『明神屋』の若い衆が、跡部屋敷に中間として雇われて調べあげた事だった。若い衆は、由里がいる証拠として一本の銀簪《ぎんかんざし》を盗み出してきていた。

新八郎は、その銀の平打簪《ひらうち》を見て新たな怒りに震えた。平打簪は、婚姻が決まった時、新八郎が由里に買ってやった品物だった。

由里は跡部屋敷にいる……。

確証を得た新八郎は、姦夫姦婦の跡部内膳正と由里を斬り棄て、妻敵討として成敗しなければならない。

必ず斬り捨てる……。

新八郎はその機会を窺った。

浅草花川戸の自身番は、火鉢に掛けられた鉄瓶の湯気が漂い、暖かかった。

聖天の長兵衛は、香具師の元締だけではなかった。香具師とは、縁日や祭礼などで見世物などを興行し、物を売るのを生業とする者たちである。長兵衛はそうした者を束ねる江戸の顔役だった。

「ところが親分、そいつは表稼業で裏稼業があるってんだ」

和馬は声を潜めた。

「始末屋ですか……」

弥平次に驚きはなかった。

「あれ、知っているのか」

「噂、聞いた事があります」

「流石は柳橋の弥平次、抜かりはないか。それにしても親分、金で人殺しを請け負う始末屋なんて本当にいるのかな」

「広い世間には、私たちの知らない事がまだまだ沢山ありますよ」

「じゃあ……」

「どうやら只の噂じゃあない。私もそう思えてきましたよ」

「親分、長兵衛、その辺の関わりで首を斬り飛ばされたのかな……」

「そうかもしれません……」

「親分……」

幸吉が入って来た。

「どうした」

「長兵衛の足取りが分かりました」

「聞かせて貰おう」

「へい。長兵衛は昨夜、この先の船宿で人と逢っていました」

「誰だい、その相手……」

「そいつが親分、例の神田の口入屋明神屋の富五郎です」

「明神屋の富五郎……」

「ええ……」

『明神屋』は、久蔵の剣の弟弟子である村田新八郎が用心棒をしている口入屋だった。長兵衛は殺される前、その『明神屋』の富五郎と逢って酒を飲んでいた。

「口入屋の明神屋富五郎か……幸吉、どんな野郎だ」

「へい。この前、そいつの用心棒が、浅草の地回りの腕を斬り飛ばしましてね」

「腕を斬り飛ばした……」

「ええ、それでちょいと調べていたんですよ」

「幸吉、そいつだ。その用心棒が長兵衛の首を斬り飛ばしたんだ」

和馬は勢い込んだ。

「腕にしろ首にしろ、今時、一太刀で斬り飛ばせる奴なんか滅多にいない。長兵衛の首を斬った下手人は、その用心棒だ」

「和馬の旦那……」

「何だ親分……」

「その用心棒、元松田藩藩士の村田新八郎って人でしてね。秋山さまのお知り合いなのですよ」

「秋山さまの知り合い……」

「はい。心形刀流の弟弟子だったとか……」

秋山さまもそう思ったのかも知れない……。

弥平次は、長兵衛たちの斬殺死体を検めた時の久蔵の様子を思い出していた。

「そうなのか……」

「ええ……」

「どうしよう、親分」

「和馬の旦那、相手は秋山さまです。黙っていて済む筈はございませんよ」

和馬と弥平次は、判明した事を久蔵に報告した。

「そうか……」

久蔵は驚きも怒りもせず、手あぶりを見詰めた。手あぶりの中には、炭が真っ赤に熾きていた。

「で、和馬は、明神屋の富五郎が村田新八郎に殺らせたと云うのか……」

「いえ、じゃあないのかと……」

和馬は久蔵の様子を窺った。

「和馬、富五郎は何故、新八郎に長兵衛の首を獲《と》らせたんだい」

「それは、あの……」

和馬は口ごもった。

「心当たり、あるのだろう」

「は、はい。秋山さま、聖天の長兵衛は表稼業は香具師の元締ですが、裏稼業は金で人殺しを請け負う始末屋を仕切っているとか……」

「富五郎、始末屋に関わりがあるってのかい」

「証拠はありませんが……」

「だったらその証拠、さっさと見つけてくるんだな……」

「はい。では早速、行って参ります」

和馬は素早く御用部屋を後にした。

「親分……」

「はい……」

弥平次は久蔵の次の言葉を待った。

「どうやら、当たって欲しくねえ睨み、当たっちまったようだぜ」

久蔵は自嘲の笑みを浮かべ、その眼を鋭く輝かせた。

「秋山さま……」

「で、長兵衛の裏稼業、どう見る」

「はい。噂だけではないと……」

「となると明神屋の富五郎が、始末屋の座を狙っての仕業か……」

「きっと……」

「いずれにしろ村田新八郎だな……」

「はい。秋山さまや私どもの睨みが正しければ、富五郎お抱えの人斬り屋になるでしょう」

「そうはさせるか……」

久蔵は悔しげに呟いた。

三

久蔵は弥平次と相談し、口入屋『明神屋』を監視下に置いた。

鋳掛屋の寅吉が『明神屋』を見通せる処に店を開き、托鉢坊主の雲海坊としゃぼん玉売りの由松が同朋町一帯に網を張った。そして、和馬は幸吉と『明神屋』富五郎を訪れた。

番頭の駒吉は、鼻先に嘲笑を浮かべて和馬と幸吉を迎えた。

「富五郎、いるかい……」

「八丁堀の旦那、うちの旦那に何か……」

駒吉が和馬の顔を覗き込んだ。

次の瞬間、和馬の十手が駒吉の横っ面を張り飛ばした。

駒吉は悲鳴をあげ、土間に倒れた。和馬は倒れた駒吉の顔を踏み付けた。駒吉は苦しく呻いた。

「用があるから来たんだよ」

「和馬の旦那……」

幸吉の緊張した声が和馬を呼んだ。

村田新八郎が奥から現われた。

和馬はゆっくり振り返り、村田と向かい合った。

「む、村田の旦那……」

駒吉が血の混じった唾を吐き、よろめきながら立ち上がった。

「お主が村田新八郎か……」

和馬は、湧きあがる震えを懸命に押さえて対峙した。

「秋山さまの配下か……」

「そうだ」

「駒吉、さっさと旦那に取り次ぐのだな」

新八郎はそう云い残し、『明神屋』を出て行った。

途端に鍋の底を叩く音が、大きく三度鳴り響いた。

鋳掛屋の寅吉が、新八郎の外出を雲海坊たちに報せたのだ。新八郎の行動は、雲海坊や由松に押さえられる。

「村田の旦那……」

駒吉が狼狽した。

和馬は深い吐息を洩らし、振り返り様に駒吉を殴り倒した。それは、緊張から解放された反動だった。

「旦那、その辺で勘弁しておくんなさい」

富五郎が奥から出て来た。

「お前が富五郎か……」

「へい。御用ってのは、聖天の元締の事ですかい……」

「ああ。昨夜、花川戸の船宿で一緒だったそうだな」

「ええ。聖天の元締は、手前と一刻半ほど酒を飲んでお帰りになりましてね。あっしはそれから、船宿の女将を相手に半刻ほど飲んで帰りました」

「和馬の旦那……」

幸吉が間違いないと頷いて見せた。

「そうか。で、長兵衛とは何の用で逢ったんだ」

「そいつは商売の事に決まっていますよ」

「商売の事だと……」

「へい。浅草にも口入屋を開きたいと思いましてね。長兵衛さんに仁義を通したんですよ」

「それだけか……」

「旦那、他に何かあるってんですかい……」

富五郎は薄笑いを浮かべた。

「和馬の旦那……」

引き上げる潮時だ。幸吉が囁いた。

「……富五郎、お前も首を斬り飛ばされないように気をつけるんだな」

和馬は捨て台詞《ぜりふ》を残し、幸吉と共に『明神屋』を出て行った。

「旦那、塩でもまいときますか」

「駒吉、のんびりしている場合じゃあねえ」

富五郎は厳しい面持ちで奥に戻った。駒吉が慌てて続いた。


神田川の流れは、冬の日差しに鈍い輝きを漂わせていた。

新八郎は水道橋の袂《たもと》に佇み、神田川の彼方に広がる駿河台の武家屋敷街を眺めた。連なる屋敷の中に跡部内膳正の屋敷もある。

そこに俺を裏切った由里がいる……。

新八郎は、懐から由里の簪を取り出した。

平打ちの銀簪には、由里への愛と憎しみが激しく渦巻いていた。

必ず始末する……。

新八郎は銀簪を懐に戻し、振り向いた。

托鉢坊主の雲海坊が、道端に佇んで唸るように経を読んでいた。

新八郎は雲海坊を見詰めた。雲海坊は新八郎の視線を感じ、ちらりと振り返った。

笑った……。

新八郎は、雲海坊に微かに笑って見せた。

仲間に対する親しみを込めた笑みだった。

雲海坊は思わず笑い返した。

新八郎は途端に笑みを消し、雲海坊に背を向けて川沿いに歩き始めた。

雲海坊は尾行の失敗に気付き、愕然と立ち尽くした。だが、しゃぼん玉売りの由松が路地から現われ、慎重な足取りで新八郎を追っていった。

雲海坊は気を取り直し、由松の背を追った。


和馬は神田明神境内の茶店の奥座敷に座り込み、幸吉の持ってきてくれた水を一息に飲み干した。

「大丈夫ですか……」

「ああ。幸吉、どうやら俺は強面《こわもて》のやり方は似合わないようだ」

「なに云ってんです。じゃあ和馬の旦那、あっしは明神屋に戻りますよ」

「ああ。頼む……」

幸吉は和馬を残し、『明神屋』の見張りに戻った。

久蔵は小普請組支配組頭に問い合わせ、夏に松田藩の湯治場に赴いた旗本を調べた。

旗本で役目に就いていない者は、石高によって二つに分けられていた。三千石以上の者は〝寄合《よりあい》〟と云い、それ以下の者を〝小普請〟と称した。如何に非役とはいえ、旗本は勝手に動き廻ることはできない。まして江戸を離れて旅に出るのは、小普請組支配に届けを出して許しを得なければならない。

夏、信濃に旅をした旗本が一人いた。

旗本千五百石の跡部内膳正だった。

跡部内膳正の屋敷は、駿河台小川町にあった。久蔵は新八郎が『明神屋』富五郎の用心棒になった理由に気付いた。『明神屋』は駿河台一帯の旗本屋敷に足軽中間を送り込んでいる。新八郎は、己を裏切った妻を探す為、『明神屋』の用心棒になったのだ。

久蔵は臨時廻り同心蛭子市兵衛を呼び、跡部内膳正の内偵を命じた。

町奉行所の支配は、浪人以外の武士には及ばず旗本を調べる事はできない。だが、老練な市兵衛は、巧みに探りを入れる筈だ。

命令を受けた市兵衛は、すぐに探索を開始した。跡部屋敷に奉公する小者《こもの》や出入りの商人。市兵衛は次々に聞き込みを掛けていった。

両国橋を渡った新八郎は、本所竪川沿いの道を二つ目橋に進み、北側に広がる本所割下水と呼ばれる町に入った。割下水は武家屋敷街であり、旗本や御家人の屋敷が連なっていた。

新八郎はある屋敷の前に佇んだ。

二百石ほどの御家人の屋敷だった。

新八郎は懐かしげに屋敷を見上げ、見廻した。

由松は割下水を間にして、佇む新八郎を慎重に見張った。隣に雲海坊が現われた。

「誰の屋敷ですかね……」

「後で調べるよ」

「へい。それにしても雲海の兄い、こんなに疲れる尾行、初めてですよ」

由松は、雲海坊の尾行が見破られたのを目の当たりにし、充分過ぎるほどの間をとって尾行をしてきたのだ。それは、何度も見失い掛けた難しい尾行だった。

雲海坊と由松は、新八郎を密かに見守った。

新八郎は、屋敷に向かって深々と頭を下げた。

「あのう、どちらさまでございましょう」

背後から女の声が掛けられた。

新八郎は虚を突かれ、驚いたように振り向いた。

初老の武家の妻女が、下女を従えて怪訝な面持ちでいた。

「いえ、御免……」

新八郎は懐かしさに己を失ったのを恥じ、足早にその場を離れた。

「大旦那さまを早く……」

初老の妻女が、慌てて下女に命じた。下女は返事をし、屋敷に駆け込んだ。

初老の妻女は、足早に辻を曲がっていく新八郎を追った。新八郎は割下水に架かる小橋を渡り、竪川に向かっていた。

「どうした」

老武士が初老の妻女の傍にきた。大迫清兵衛だった。

「お前さま、今、若い御浪人が……」

「若い浪人……」

「はい。ひょっとしたら村田新八郎さんだったかも……」

「どっちに行った」

「竪川に……」

清兵衛は走った。竪川に架かる二つ目橋に出た。だが、既に新八郎の姿は見えなかった。

新八郎は別れを告げに来た……。

清兵衛の直感がそう囁いた。

「新八郎……」

清兵衛の淋しげな呟きが、木枯らしに吹き消された。


暮六つ。

『明神屋』富五郎が、番頭の駒吉に風呂敷包みを持たせて出掛けた。

見張っていた幸吉が追った。

富五郎と駒吉は、明神下の通りを不忍池に向かった。そして、二人は不忍池傍の料亭『葉月』に入った。

ついている……。

幸吉は思わず呟いた。

二年前、料亭『葉月』の女将は、谷中《やなか》の博奕打ちに言い寄られて困り果てていた。その時、弥平次が博奕打ちの弱味を握って脅しを掛け、女将から手を引かせた。以来、『葉月』の女将は、弥平次に深く感謝し、子分の幸吉にもなにかと便宜を図ってくれていた。

富五郎と駒吉は、『葉月』が弥平次の息の掛かった料亭とは知らず、座敷にあがったのだ。

幸吉は女将に頼み、富五郎の座敷の隣の部屋に入った。

富五郎の座敷には、駒吉の他に聖天一家の代貸《だいかし》・与市《よいち》とその舎弟がいた。

「どうだい、与市さん。聖天一家が落ち着くまで、裏の方は私に任せて貰えないかい」

「富五郎の旦那、元締があんな目に遭って間もねえ今、まだそこまでは……」

「与市さん。私も明神屋の富五郎だ。何も只で任せろってんじゃあない。駒吉

……」

駒吉が風呂敷を解き、小判の詰まった金箱を見せた。

与市は舎弟と顔を見合わせた。

「元締の長兵衛さんに跡継ぎの若がいない限り、聖天一家を纏めていくのは与市さん、代貸のお前さんだ。だが、渡世の兄弟やおじ貴たちには、そいつが気に入らねえって奴もいるだろうし、金は幾らあっても足らねえはずだよ」

「それはそうですが……」

「それに、長兵衛元締の裏稼業を知っているのは、聖天一家の中でもお前さんを始め、僅かな人数。違うかい……」

「仰る通りで……」

「だったら与市さん、聖天一家を継ぐ為にも私と手を組んだ方が良いと思うがね」

「兄貴、此処は富五郎の旦那のお世話になった方が良いんじゃあ……」

舎弟が与市に囁いた。

「ああ。それじゃあ富五郎の旦那、宜しくお願いします」

与市は手をつき、富五郎に頭を深々と下げた。舎弟が倣《なら》った。

「よし、決まった。駒吉……」

駒吉は金箱を舎弟に渡し、廊下に顔を出して女将を呼んだ。

『明神屋』富五郎は、江戸に潜む始末屋組織の一つを手にいれた。手前で火をつけ、手前で片付ける。

汚ねえ真似しやがって……。

幸吉は、腹の底で富五郎を罵倒した。


蛭子市兵衛は、香織の用意してくれた飯を食べ、酒を飲んでいた。

「やはり、跡部内膳正か……」

「ええ。信濃から女を連れて帰ってきたそうです」

跡部と新八郎の妻は、江戸への道中で落ち合って帰ってきたのだ。

「で、その女の名前は……」

「由里……」

「由里か、良い名前だな……」

「ええ。名前だけでなく、女っぷりもかなりのものだとか、屋敷の離れでの側女《そばめ》暮らしも板に着いてきたそうですよ」

「そうか……」

似合わない女……。

所詮、新八郎には似合わない女だったのだ。似合わない女の為に恥辱を味わい、藩を棄てて悪党の用心棒に成り下がった。

哀しい奴だ……。

久蔵は、新八郎を痛ましく思わずにはいられなかった。

「秋山さま……」

「なんだい……」

「村田新八郎、如何致しますか」

市兵衛は、手酌で酒を飲みながら尋ねた。

「市兵衛、お前はどうしたら良いと思うんだい」

「はい。いずれお縄にしなければなりませんが、出来るものなら、やることはやらしてやりたいものですね」

市兵衛は妻敵討を匂わせた。

「……そう思うかい」

「ええ。何と云っても、女房に逃げられちまった惨めな者同士。気持ち、何となく分かってしまうんですよね……」

市兵衛も数年前、女房に逃げられた男だった。

「とにかく、聖天の長兵衛殺しの始末だ」

久蔵は冷たく笑った。

翌日、弥平次が南町奉行所にいる久蔵を訪れた。

「そうか、富五郎の奴、聖天の長兵衛の始末屋を買い取ったか……」

「ええ。長兵衛が死んだ今、聖天一家を纏められるのは、小判だけって事です」

「ああ。所詮、奴らはそんなものさ……」

「それから秋山さま。村田新八郎さん、昨日、本所割下水の大迫清兵衛さまのお屋敷に行きましたよ」

「新八郎が……」

「はい。ですが、お屋敷に頭を下げただけで、大迫さまにはお逢いにならずにお帰りになったそうです」

「その事、大迫の清兵衛さんは……」

「慌てて追い掛けられたそうですが……」

弥平次は首を横に振った。

「馬鹿野郎が……」

久蔵は思わず吐き棄てた。

村田新八郎は、慕っていた大迫清兵衛に陰ながら挨拶をして立ち去った。その行為には、新八郎の覚悟が秘められている。

「親分、明神屋富五郎を長兵衛殺しの張本人としてお縄にするぜ」

「ですが、確かな証拠は、何もございませんが……」

「証拠なんていらねえさ……」

「じゃあ……」

「首を斬り飛ばした本人に認めさせるまでよ」

久蔵は、村田新八郎に全てを告白させるつもりなのだ。

「出来ますか……」

「やってみるしかあるめえ。だが、その前にちょいと確かめてえ事がある……」

久蔵は苦く云い棄てた。

冬の雲は重く垂れ込め、跡部屋敷の屋根を覆い隠さんばかりだった。

「その方が南町奉行所の秋山久蔵か……」

跡部内膳正は久蔵を一瞥し、笑みを浮かべて座った。

「はい……」

「して、儂に何用だ……」

「跡部様には今年の夏、信濃松田に湯治に赴かれたとか……」

「それがどうした」

「その時の松田土産に一度、お目にかかりたいと思いましてな」

跡部の顔色が僅かに変わった。

「秋山、その方、松田土産と何か関わりがあるのか……」

「土産の前の持ち主とは、古い知り合いでしてね」

「古い知り合いだと……」

「ええ……」

久蔵は冷笑を浮かべた。

「して、逢ってなんとする……」

「松田を棄てて江戸に来たのは、己の意志かどうかを……」

「知りたいと申すか……」

「はい」

跡部の顔に嘲りが浮かんだ。

「面白い……」

由里は美しい顔を僅かに歪め、迷惑げに久蔵を一瞥した。

「由里、何故、松田を棄て儂と江戸に来たのか、秋山に教えてやるが良い」

「何故と申されても、お殿さま。私は馬鹿の一つ覚えのように剣術にうつつを抜かし、真面目なだけがとりえの面白みのない男と暮らすのは、ほとほと嫌になっただけにございます」

由里は汚い物でも見るかのように、美しい眉をひそめた。

「だが、それが良いと云い、所帯を持ったとも聞き及びましたが……」

「それは、世間知らず、男知らずの娘の頃の話。時が過ぎれば、何の面白みもない只の愚か者にしか見えませぬ」

由里は小さく笑った。侮蔑の籠められた笑いだった。そして、跡部は声をあげて嘲笑った。

久蔵は込みあがる吐き気を必死に堪えた。

「跡部さま、良く分かりました……」

「秋山、遠慮は無用だ。訊きたい事があれば、なんなりと尋ねるが良い」

「それより跡部さま、近頃の江戸には姦夫姦婦の首を一太刀で斬り飛ばす化け物が現われるとか。気をつけるのですな」

「秋山、町奉行所与力の分際での無礼、棄てては置かぬぞ」

跡部は脇差に手を掛けた。

「面白え。旗本千五百石、二百石の貧乏御家人が刺し違える相手に不足はねえ。やるなら幾らでも相手になるぜ」

久蔵は不敵に言い放った。

「おのれ……」

事が起きて表沙汰になれば、先祖代々の家禄千五百石が無事に済む筈はない。跡部は久蔵の挑発に辛うじて耐えた。


「如何でした……」

久蔵が跡部屋敷の門を出ると、市兵衛が待っていた。

「どうもこうもねえ。逃げ隠れしねえよう、しっかり見張っていてくれ」

「心得ました」

市兵衛は嬉しげに頷いた。

口入屋『明神屋』は、その日の仕事を求める人々の喧騒の時も過ぎ、静まり返っていた。

「村田新八郎を呼んで貰おうか……」

帳簿を付けていた駒吉が、筆を止めて怪訝に顔をあげた。

久蔵がいつの間にか土間にいた。

「あ、秋山さま……」

駒吉はうろたえ、居合わせた若い衆が思わず身を縮めた。

「新八郎、いるんだろう……」

「へ、へい……」

「だったら、富五郎と一緒にさっさと呼ぶんだな……」

「ですが、秋山さま……」

刹那、駒吉は久蔵の拳を頬に受け、壁に弾き飛ばされた。

「つべこべ抜かすんじゃあねえ……」

久蔵が駒吉の胸倉を鷲摑みにして、引きずり起こした。

身を縮めていた若い衆が、富五郎を呼びながらあたふたと奥に転がり込んでいった。

「だ、旦那ぁ……」

「……駒吉、なんだったら無礼討ちにしてやってもいいんだぜ」

駒吉が怯えた眼を久蔵に向けた時、奥から富五郎と新八郎が出て来た。

「これはこれは秋山さま……」

「黙れ……」

久蔵は富五郎を静かに制し、新八郎と向かい合った。

「……新八郎、浅草聖天町で聖天の長兵衛の首を獲ったのは、お前だな」

新八郎は沈黙を守った。

「三人の男を一呼吸の一太刀で斬る……」

久蔵は薄笑いを浮かべた。

「心形刀流の秘太刀、仕舞。見事な腕になったもんだぜ……」

新八郎は微かな笑みを浮かべた。兄弟子に誉められた素直な喜びの笑みだった。

そして、それは聖天の長兵衛の首を斬り飛ばした証でもあった。

新八郎、その素直さがお前の良い処であり、弱みでもあるんだぜ……。

久蔵は新八郎を哀れんだ。

「で、長兵衛の首を獲れと命じたのは、そこにいる富五郎だな」

「秋山さま、何の証拠があってそのようなお戯れを……」

「富五郎、俺は別に戯れちゃあいねえ。お前は長兵衛の裏稼業を自分のものにしたかった」

「裏稼業……」

「惚けるんじゃあねえ、富五郎。金で人殺しを請け負う始末屋だよ。お前はそいつが欲しくて邪魔者の長兵衛を新八郎に斬らせ、聖天一家の代貸与市に金をくれてやって黙らせた。そうだろう……」

富五郎の顔が、別人のような形相に変わった。いや、変わった形相こそが、隠されていた富五郎の本当の顔なのだ。

「村田の旦那……」

富五郎は久蔵を睨みつけたまま、新八郎の名を呼んだ。

「……なんだ」

「お前さんは俺の用心棒だ……」

「そして、俺と同じ心形刀流の剣術遣いよ」

久蔵が割り込んだ。

「秋山さま……」

「新八郎、こんな野郎どもに義理立てする必要は皆目ねえ。何もかも正直に話して、江戸に出て来た想いを遂げるんだぜ」

「秋山さま……」

新八郎の眼が光った。

「お前が斬らなきゃあならねえ相手は、駿河台にいるはずだ。違うか」

新八郎は頷いた。

「……私は富五郎に頼まれ、聖天の長兵衛なる者と二人の子分を手に掛けました」

村田新八郎は、聖天の長兵衛と二人の子分殺しを認めた。

「決まった」

久蔵が笑った。

次の瞬間、捕物出役姿の南町奉行所定町廻り筆頭同心稲垣源十郎が、腰高障子を蹴倒して同心・捕り方を従えて現われた。

「南町奉行所である。明神屋富五郎と配下の者ども、最早逃げられぬと観念致し、神妙にお縄を受けるが良い」

稲垣源十郎は、捕物出役用の長十手を作法通り額に斜めにかざして怒鳴った。

富五郎は後退りし、身を翻して奥に逃げ込もうとした。だが、奥から出役姿の和馬が幸吉や捕り方たちと現われた。

「馬鹿野郎……」

追い詰められた富五郎は、長脇差を抜いて猛然と暴れ出した。

「おのれ、下郎……」

稲垣は駒吉たちを蹴散らし、富五郎を長十手で叩きのめした。富五郎は血反吐《ちへど》を振り撒いて倒れた。稲垣源十郎の捕物出役の采配は見事であり、情け容赦がない。


久蔵と新八郎は、激しい乱闘が繰り広げられている『明神屋』を出た。

弥平次が待っていた。

「御苦労さまでした……」

「うむ。親分、稲垣がやり過ぎねえように、宜しく頼むぜ」

「はい。お任せを……」

「よし。じゃあ行くか新八郎……」

「はい……」

久蔵と新八郎は、明神下の通りを神田川に向かった。

久蔵は気がついた。

新八郎の足音が、微かに鳴っているのに気がついた。


雲は一段と垂れ込め、今にも雪が降り出しそうな気配だった。

久蔵と新八郎は、神田川に架かる水道橋を渡り、小栗坂《おぐりざか》をあがった。小栗坂の上に跡部屋敷の長屋門が見えてきた。

「新八郎、一人でやるんだぜ」

「勿論です」

「よし、骨は拾ってやる。存分にやるんだ」

「はい」

跡部屋敷の前にいた市兵衛が、潜り戸を小さく叩いた。

「誰だ……」

門番の声が、潜り戸の中から聞こえた。

「南町奉行所の者だが、ちょいと訊きたい事がある。此処を開けてくれ」

「へ、へい……」

潜り戸を開け、門番が顔を見せた。同時に市兵衛が素早く門番を当て落とした。

「秋山さま……」

新八郎は久蔵に深々と頭を下げた。

「屋敷には侍が八人に小者が五人だ。これと云った剣の使い手はいねえ。そして、由里がいるのは南側の奥にある離れ座敷だ」

「心得ました。では……」

「うん。これ迄だ……」

「いろいろかたじけのうございました。では、御免……」

新八郎は市兵衛に会釈をし、素早く跡部屋敷に入り、潜り戸を閉めた。

久蔵と市兵衛は、黙って門前に佇んだ。

跡部屋敷に入った新八郎は、南側奥にある離れに向かった。

「何者だ」

二人の家来が駆け寄ってきた。

新八郎は構わず進んだ。

「おのれ、狼藉者《ろうぜきもの》」

二人の家来が刀を抜き、新八郎に猛然と迫った。新八郎は擦れ違い様に刀を閃かせた。光芒が走り、二人の家来は血を撒き散らして倒れた。

新八郎は南に進んだ。


「始まったな……」

「はい。如何に使い手でも多勢に無勢、望みが叶うといいのですが……」

「叶わぬなら、それも新八郎の運命……」

久蔵は厳しく言い放った。

男たちの怒号と悲鳴が、跡部屋敷から洩れ始めた。

潜り戸が開き、小者が血相を変えて飛び出して来た。

「おう、どうしたい」

久蔵が声を掛けた。

「お、お役人さま。狼藉者です。お助けを」

刹那、久蔵は小者を当て落とした。

「すまねえな。暫く休んでいて貰うよ」

久蔵は気を失った小者を、長屋門の軒下に運んだ。市兵衛が素早く潜り戸を閉めた。

刃の嚙み合う音が微かに聞こえた。


新八郎は斬った。

襲い掛かってくる家来たちを次々と斬り棄て、修羅の如くに庭を南に進んでいた。家来と激しく斬り結んでいた時、座敷の濡縁に跡部内膳正が現われた。

跡部……。

新八郎の気が僅かに揺れた。刹那、新八郎は背中に鋭い違和感を覚えた。

新八郎は、背中を斬った家来を振り向き様に真っ向から斬り下げた。

「斬れ。斬り棄てろ」

跡部が叫んだ。

「跡部……」

新八郎の狂気が、跡部の叫びを覆った。

雪が音もなく降り始めた。

「降ってきやがったな……」

久蔵は空を見上げた。

大粒の雪が、暗い空からゆっくりと舞い落ちてきていた。

市兵衛は掌に雪を受けた。雪は瞬時に溶けて消えた。

今、村田新八郎も溶けて消えようとしている。だが、新八郎は己の意志を貫き、消えようとしているのだ。

哀しいもんだ……。

市兵衛は静かに降る雪を見つめた。

逃げた女房を思い出している……。

久蔵は市兵衛の心を覗いた。

人は誰しも傷を抱えて生きている。

久蔵はそう思った。


新八郎は降りしきる雪を舞い散らせ、逃げる跡部に迫った。跡部は南側奥の離れ座敷に逃げ込もうとしていた。

新八郎は全身に受けた傷から血を滴らせ、跡部を追って離れに向かった。

斬られた痛みも、雪の冷たさも、既に感じてはいなかった。

新八郎は追った。離れ座敷の濡縁にいきなり女が現われた。

由里……。

新八郎は、血まみれの顔に思わず微笑みを浮かべた。そして、平打ちの銀簪を握り締めた。

「由里……」

新八郎がその名を呼んだとき、由里の手に握られた懐剣が鈍く光った。


雪は、駿河台の武家屋敷街を静かに覆い始めていた。

久蔵は跡部屋敷を見上げた。

新八郎たちの闘う声と物音は、辺りを覆う雪に吸い込まれていた。

女の悲鳴が静かに響いた。

由里の悲鳴だった。

「秋山さま……」

「ああ、どうやら終わったな……」

新八郎は由里と跡部を斬り棄て、滅び去ったのだ。

雪は新八郎の死体を白く覆い隠すだろう。

久蔵は跡部屋敷を離れ、雪の降り続く小栗坂を降り始めた。市兵衛が黙って続いた。

坂の下に広がる神田川や湯島の町は、降りしきる雪に包まれていた。

久蔵と市兵衛は、雪に覆われた坂を降りていった。

雪は降り続いた。


跡部内膳正は、首を斬り飛ばされて死んでいた。

新八郎の死体は、雪に覆われた離れの庭から発見された。由里の死体を身体の下に抱きかかえるように折り重なって絶命していた。そして、首の血脈を断たれて死んだ由里の手に握られた懐剣は、新八郎の腹に深々と突き刺さっていた。

新八郎は銀の平打簪を握り締め、微かに微笑んでいた。

「ええ……」

「まるで、相対死《あいたいじに》ですね……」

「ああ、新八郎の奴、まだ由里に惚れていたのかもしれねえな……」

久蔵は苦笑した。

「ええ、惚れていたんです……」

市兵衛は確信を持って頷いた。市兵衛自身、逃げた女房にまだ惚れているのかもしれない。

人は皆、他人に云えない傷を隠して生きている……。

庭に積もった雪は、日差しに光り輝いていた。

久蔵は眩しかった。

一次文庫　２００５年12月　ＫＫベストセラーズ
ＤＴＰ制作　ジェイ エスキューブ

文春文庫

秋山久蔵《あきやまきゅうぞう》御用控《ごようひかえ》
彼《ひ》岸《がん》花《ばな》

定価はカバーに
表示してあります

2012年10月10日　第1刷

著　者　藤《ふじ》井《い》邦《くに》夫《お》
発行者　羽鳥好之
発行所　株式会社　文藝春秋

東京都千代田区紀尾井町 3-23　〒102-8008
TEL　03・3265・1211
文藝春秋ホームページ　http://www.bunshun.co.jp
落丁、乱丁本は、お手数ですが小社製作部宛お送り下さい。送料小社負担でお取替致します。

印刷・大日本印刷　製本・加藤製本

Printed in Japan
ISBN978-4-16-780513-5

秋山久蔵御用控
藤井邦夫
書き下ろし時代小説
神隠し
文春文庫

秋山久蔵御用控
藤井邦夫
書き下ろし時代小説
帰り花
文春文庫

秋山久蔵御用控
藤井邦夫
書き下ろし時代小説
傀《く》儡《つ》師《し》
文春文庫